KB121964

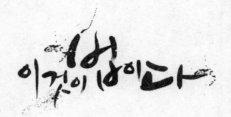

이것이 법이다

이것이 법이다 82

2020년 2월 19일 초판 1쇄 인쇄
2020년 2월 24일 초판 1쇄 발행

지은이 자카예프
발행인 이종주

총괄 김정수
경영 지원 배진경 임혜솔 송지유

기획 이기헌 왕소현 박경무
책임 편집 최전경

발행처 (주)로크미디어
출판등록 2003년 3월 24일
주소 서울시 마포구 성암로 330 DMC첨단산업센터 3층 318호, 319호
Tel (02)3273-5135 **편집** 070-7863-8592 **Fax** (02)3273-5134
홈페이지 rokmedia.com **E-mail** rokmedia@empas.com

ⓒ 자카예프, 2015

값 8,000원

ISBN 979-11-354-5666-4 (82권)
ISBN 979-11-255-9575-5 04810 (세트)

이것이 법이다

82

자카예프 장편소설

로크미디어

CONTENTS

범죄의 증명

"클라우드요? 와, 이런 미친놈들. 진짜 그 머리를 공부에 썼으면 한국대를 가고도 남았겠네요."

노형진의 말에 고연미는 어이가 없었다.

노형진이 살펴본 핸드폰에 사진은 없었다.

"사진을 보관할 거라고 생각한 제 생각이 틀린 거죠."

물론 보관은 했다.

핸드폰이 아닌, 클라우드에.

핸드폰은 설정에 따라 찍은 사진을 자동으로 클라우드 시스템, 그러니까 외부의 저장 시스템으로 보관할 수 있게 되어 있다.

"보통은 잘 안 하지만 하는 사람도 있기는 하죠."

그리고 그 사진은 핸드폰에서 삭제해도 남게 되어 있다.

"그들도 조심하는 거죠. 누군가 핸드폰을 뒤질 수 있다는 걸 감안한 겁니다."

"그런데 어떻게 아신 거예요, 노 변호사님은?"

"클라우드에 올라가면 알림 창이 뜨거든요. 그걸 못 지웠더군요."

다른 사람들은 사진이라는 존재 자체에만 매달려서 사진을 찾는 데만 혈안이 되어 있었다.

노형진 역시 처음에는 사진을 찾다가 당황하기도 했다.

진짜로 없었으니까.

하지만 우연히 핸드폰의 위쪽에 있는 파일 전송 알림을 발견하고 나서야 그들이 머리를 썼다는 사실을 알아챈 것이다.

"그걸 알아내는 건 고 팀장님에게 부탁해야겠네요. 계정은 그들 중 한 사람의 것일 테니까."

"그래야지요."

'물론 계정과 비밀번호는 알지만.'

클라우드를 사용한 것을 확인하고는 기억을 읽기는 했다.

하지만 기억을 읽었다고 할 수는 없으니 맡기는 게 최선이다.

고문학이 그걸 찾아내는 것은 어려운 일이 아닐 테니까.

"고 팀장님이 증거를 찾아내면 아마 사건이 빠르게 진행될 겁니다. 일단 피해자들을 만나서 그들을 설득하고 신고를 해야지요. 피해자가 많다면, 아무래도 경찰 입장에서는 수사할 수밖에 없지요."

"과연 얼마나 나올지 궁금하네요."

"글쎄요, 한 열 명쯤 나오지 않을까요?"

노형진은 씩 웃었다.

하지만 그런 그의 생각이 틀렸다는 걸 확인하는 데에는 그다지 오랜 시간이 걸리지 않았다.

"몇 명요?"

"일단 사건별로 분류를 했는데, 총 서른일곱 명입니다."

고문학이 그들의 클라우드를 털어서 가지고 온 사진은 한두 장이 아니었다.

한 명당 못해도 백 장에 가까운 사진이 나왔다.

"그렇게 서른일곱 명요?"

"네. 생각보다 많더군요. 일단 사기꾼이 한 명이 아니더군요."

"네? 사기꾼이 한 명이 아니라고요?"

"네. 식당에서 사진 찍던 그 여자 있지 않습니까? 그 여자 사진도 있었습니다. 낯선 남자의 사진도 있고요."

"그 말은?"

"4인조라는 거죠."

"끄응……."

남자 둘, 여자 둘로 이루어진 4인조 사기단.

그러면 충분히 서른일곱 명이라는 피해자가 나올 수 있다.

"기간은요?"

"사진의 시기를 확인해 보면 대략 1년 반 전부터 시작된 것 같습니다."

"그동안 이런 사기를 전혀 몰랐단 말인가?"

노형진은 어이가 없어서 혀를 끌끌 찼다.

서른일곱 건.

한 건당 못해도 합의금 2천만 원은 받았을 테니 최소한 7억이 넘는 피해가 발생한 것이다.

단 1년 반 사이에 말이다.

"그리고 그들이 삭제했을 가능성도 분명히 존재하니 피해자는 더 늘어날 수도 있습니다."

"하긴…… 그건 그러네요."

고연미도 고개를 끄덕거렸다.

가장 오래된 사진이 1년 반 전의 것일 뿐, 그 이전의 사진은 삭제했다면 얼마나 더 많은 사건이 있을지 알 수가 없다.

"클라우드의 보관 용량에도 한계가 있을 테니까요."

클라우드는 기본적으로 일정 용량을 지원해 주지만 돈을 내고 유료로 전환하면 용량을 늘려 준다.

그러나 그들은 그 서비스를 신청하지 않았기 때문에 용량에 한계가 있을 수밖에 없다.

"더군다나 클라우드는 계정당 한 명이니까 다른 계정에도 있을 수 있지요."

"끄응……."

과연 그들이 얼마나 사기를 치고 다녔을지, 노형진은 감을 잡을 수가 없었다.

만일 범죄를 시작한 시기가 간통죄가 사라진 시점부터라면, 피해액이 20~30억이 된다고 해도 하등 이상할 것이 없다.

"이건 확실히 문제가 되겠는데요. 그런데 어떻게 이놈들을 잡죠? 이 사진을 가지고 신고를 해야 하나요?"

"그래도 되기는 하는데, 그러면 우리가 처벌받을 가능성이 있어서요."

사진이 있으니 그들의 범죄 사실을 증명하는 것은 어렵지 않다.

무려 서른일곱 건의 간통을 저질렀는데도 이혼하지 않는다는 것 자체가 사기를 목적으로 혼인하였음을 증명하는 셈이니까.

"그건 그러네요."

문제는 이 사진이 합법적으로 얻은 게 아니라는 것이다.

그들의 뒷조사를 통해 캐낸 증거인 만큼, 이걸 경찰에 제출하면 자신들 또한 정보 통신법 위반으로 처벌받을 가능성이 농후하다.

"피해자들을 찾아서 고발하는 것도 좀 힘들겠고……."

그 안에 있는 것은 사진들뿐이다.

개인 정보는 없다.

그리고 개인 정보가 없다는 것은 그들을 얼굴만으로 추적해야 한다는 건데, 아무래도 그건 새론의 한계를 벗어나는 일이다.

아무리 새론이라고 해도 개개인의 얼굴을 인식할 수는 없으니까.

"관련 정보는 전혀 없나요? 전혀? 전화번호나 이름도?"

"파일명이 이름으로 되어 있기는 한데, 이름만으로는 찾기가 힘들어서요."

"이름만으로는 찾기 힘들다……."

"네. 동명이인이 워낙 많아서."

고문학은 곤란한 듯 머리를 긁적거렸다.

"사건 기록을 검색하는 것은요?"

"한두 건도 아니고……."

"흐음……."

노형진은 화면을 보다가 문득 좋은 생각을 떠올렸다.

"어차피 일이 이렇게 된 거, 크게 키우죠."

"크게 키우자니요?"

"이런 사건이 한두 건이 아니지 않습니까?"

"그건 그렇지요."

한 놈이 시작하면 다른 사기꾼들이 그걸 배워서 써먹는 건 금방이다.

어쩌면 이미 배워서 써먹고 있거나, 반대로 이들이 누군가에게 배워서 써먹은 것일 수도 있다.

"그러니 이걸 방송으로 때려 버리는 겁니다."

"하지만 무슨 수로요? 방송국은 섣불리 움직이지 않을 테니 결국 대룡의 인터넷 방송국밖에 보도할 데가 없는데, 피해자들의 얼굴을 공개하는 것은 불가능해요."

어찌 되었건 간통이라는 이름의 죄를 뒤집어쓴 사람이다.

즉, 방송에 나간다는 것 자체가 간통을 했다는 의미다.

그게 사기이고 아니고가 중요한 게 아니라, 간통 자체는 사실이라는 것.

"그런데 거기에다 공개하면 그들의 인생이 망가질 수도 있어요. 그렇다고 가해자들을 공개할 수는 없잖아요."

"공개할 수는 없죠."

노형진은 고개를 끄덕거렸다.

일단 지금까지 나온 것은 강력한 심증과 물증이지만, 아직 경찰에서 확인된 게 아니다.

그런데 자신들이 먼저 그들의 사진을 공개하면서 '이 사람들에게 속은 사람들을 찾습니다.'라고 하면 나중에 분명히 문제가 된다.

"하지만 보편적 정보라면 충분히 공개가 가능합니다."

"보편적 정보요?"

"네, 보편적 정보요."

노형진은 서류의 한쪽을 펼쳐서 내밀었다.

"특정한다는 것은 결국 공통점을 찾는 거니까요. 그리고 이 정도면 충분히 특정은 가능하리라 생각합니다."

노형진의 말에 고연미도, 고문학도 고개를 끄덕거리면서 인정했다.

"어쩌면 피해자들을 찾을 수 있을지도 모르겠네요."

"찾을 수 있습니다, 분명히."

노형진은 자신이 있었다.

"하지만 그 전에 한 사람을 설득해야 합니다."

"설득요?"

"피해자가 없는 피해 주장은 아무런 의미가 없으니까요. 그러니 대표적인 피해자 한 명이 나서야 합니다."

고연미는 불편한 얼굴이 되었다.

그녀가 아는 피해자는 한 명뿐이니까.

"해 주실까요?"

"설득해야지요. 그것 말고는 답이 없으니까요."

⚖

송아람은 부들부들 떨었다.

사진에 보이는 모습은 자신이 생각한 것과 너무 달랐으니까.

"애초에 박주서가 사기꾼이었다는 건가요?"

"네. 박주서와 곽경화는 부부이기는 합니다. 하지만 동시에 사기꾼이기도 하죠."

"하…… 하지만 어떻게…… 사람이 그럴 수 있어요? 자기 아내고 남편인데……."

사진에 찍혀 있는 것은 정확하게 말하면 박주서보다는 곽경화가 더 많았다.

남자와 함께 모텔로 들어가는 수백 장의 사진.

"그들 말고도 두 명이 더 있습니다. 4인조 사기단으로 보입니다."

노형진은 다른 사진들을 그녀에게 내밀면서 최대한 차분하게 말했다.

여기서 자신이 흥분할수록 송아람 역시 흥분해서 이성을 잃게 될 테니까.

"이 사진으로 보면 지금까지 박주서가 만난 사람은 여섯 명입니다. 그런데 곽경화는 열세 명이지요. 증거상으로는 현재 서른일곱 건의 사기가 진행 중입니다."

노형진은 부들부들 떠는 송아람을 진정시키며 말했다.

"그것도 현재 만나고 있다고 판단되는 사람이요. 이 정도면 사실상 사회생활은 불가능합니다. 사기로 삶을 이어 간다는 뜻이지요."

"내가…… 이런 놈에게…… 엉엉."

결국 눈물이 터지는 송아람.

노형진은 그런 그녀를 안타깝게 바라보다가 고개를 흔들었다.

억울할 것이다. 사람의 감정을 가지고 노는 이런 사기꾼에게 당한 것이.

그녀는 한참을 울었고, 노형진은 그녀가 진정하기를 계속 기다렸다.

고연미가 그녀를 다독거렸고, 그녀가 안정을 찾고 나서야 노형진은 다시 입을 열었다.

"여기서부터는 당신이 선택해야 합니다."

"제가요? 훌쩍."

"이 사건을 공론화시킬 것이냐 말 것이냐."

"네?"

깜짝 놀라는 송아람.

공론화라니?

"일단 사실대로 말하자면, 소송을 해서 이기는 건 쉽습니다."

노형진은 핸드폰에서 클라우드 계정을 알아내어 그 사진을 뽑아냈다.

이 사진만 있다면 사건에서 이기는 것은 그다지 어려운 일이 아니었다.

박주서와 곽경화의 부정은 차고도 넘치니까.

심지어 사진을 찍었던 여자와 낯선 남자의 얼굴도 보였다.

"네 명이 한 조가 되어서 서로 보완해 주면서 동시에 소송을 해서 돈을 뜯어내는 거죠. 이 사진들이 가장 강력한 증거가 될 겁니다."

그리고 그들이 뜯어낸 돈은 한두 푼이 아닐 것이다.

"아마 못해도 한 해에 몇십억은 뜯어낼 수 있었을 겁니다."

"그런데 공론화라니요?"

"이건 새로운 유형의 범죄입니다. 지금까지 단 한 번도 드러난 적이 없는 형태죠."

민사소송이니까 소송을 해서 이길 수 있다.

하지만 그게 끝이다.

그들에게 있어서 이번 사건은 그저 안타깝게 놓친 건수 중 하나일 뿐이며, 앞으로도 계속 다른 피해자들을 협박해서 돈을 뜯을 수 있다.

"그러면 공론화라는 것은……."

"네. 이게 세상에 나가야 더 이상 같은 피해자가 나오지 않습니다. 이들의 추가 사기를 막고 다른 피해자가 생기는 걸 막기 위해서는, 민사소송만 이겨서는 안 됩니다. 이들에게 형법적 처벌을 내려서, 피해자들이 이런 방식의 사기가 있다는 것을 알게 하고 이런 사건을 경찰과 검찰에 인지시켜야 합니다."

"하지만……."

송아람은 입술을 깨물었다.

부담스러운 결정이니까.

아무리 그래도, 자신이 유부남을 만났다는 사실은 부정할 수 없다.

아무리 자신이 속았다고 해도, 누군가는 무조건 그 사실만을 보고 자신을 욕할 것이다.

"물론 공론화라고 해서 송아람 양이 기자회견을 한다거나 할 일은 없습니다."

"네? 그러면 어떻게 공론화를 시킨다는 거예요?"

"방식은 여러 가지이지요. 현재 생각하는 방식은 피해자들을 모으는 겁니다."

"피해자들?"

"그렇습니다."

지금 피해자는 송아람뿐만이 아니다.

새론에도 합의한 사람이 한 명이 있다.

그리고 이 사진에 있는 사람들 중에도 피해자가 있을 것이다.

"중요한 건 이 사건의 피해자들을 모으는 거죠."

"하지만 다른 피해자들의 정보를 모르잖아요?"

사진은 있지만 그들이 누구인지는 모른다.

사실 사진만 가지고 사람을 찾는 것은 사실상 불가능하다고 봐도 무방하다.

대부분 특정할 수 있는 다른 뭔가, 가령 카드 사용 내역이나 차량 번호 같은 걸로 특정하니까.

"그래서 제가 송아람 씨에게 말씀을 드리는 겁니다."

송아람을 대표로 내세워서 사건을 접수한다.

그리고 비슷한 경우를 당한 사람을 찾으면 된다.

"그럼 공론화라는 것은……?"

"그 과정에서 송아람 씨의 사건 자체는 드러날 수밖에 없으니까요. 정확하게는, 송아람 씨의 사건이 이번 사건의 핵심이 될 테니까요."

물론 송아람의 신분은 감출 수 있다.

사건 번호를 드러내지 않으면 개개인이 송아람의 사건을 추적하는 것은 불가능에 가깝다.

"하지만 기본적으로는 사건 자체를 드러내야 합니다. 그래야 저희들도 정당성을 얻고, 방송을 통해 다른 피해자들을 찾을 수 있습니다."

"방송요?"

"공중파는 아닙니다. 인터넷 방송입니다. 가끔 방송에서, 모습은 실루엣 처리하고 목소리는 변조시켜서 증언하는 사람들 보셨지요?"

송아람은 고개를 끄덕거렸다.

"그런 겁니다. 그렇게 하면 사건만 드러날 뿐 송아람 씨는 드러나지 않습니다."

사실 실루엣도 가짜로 속이는 방법은 많다.

그 자리에 다른 사람을 앉히면 간단하다.

물론 목소리도 변조니까 가짜를 쓰는 것도 가능하다.

'하지만 사건 자체는 당사자의 허락을 얻어야 하지.'

그래서 노형진이 송아람을 설득하러 온 것이다.

"제가 드러날 가능성은 없나요? 간통 사건인데……."

한창 창창한 20대의 아가씨.

그런 사람이 간통을 했다는 사실은 무척이나 치명적이다.

그러니 그녀는 드러나는 것을 무척이나 두려워할 수밖에 없다.

"그건 불가능합니다. 한국에서 간통 사건이 한두 개가 아니거든요."

간통 사건은 한국에서 가장 많은 숫자를 차지하는 사건 중 한 종류다.

즉, 단순히 20대 여성 간통이라는 주제로 사건을 추적한다는 것은 불가능하다는 소리다.

물론 지역까지 포함할 수도 있겠지만, 노형진은 지역도 공개하지 않을 생각이다.

'다른 지역에서도 비슷한 사건이 있을 수 있으니.'

노형진의 말에 송아람은 입술을 깨물고 한참을 고민했다.

겁나고 두려운 것은 사실이었다.

하지만 그보다 더 힘든 것은 배신감이었다.

사랑에 빠져 몸과 마음을 다 준 남자에게 자신이 그저 현금인출기, 아니 그보다도 못한 존재였다는 그 사실이 너무나 괴로웠다.

"다른 한 분이…… 계시다고 했죠? 그분은 어떻게 하신대요?"

"그분은 동의해 주셨습니다."

그녀는 복수심에 얼굴을 내놔도 상관없다고 했지만, 노형진은 그렇게까지 할 생각은 없었다.

"그런 거라면……."

송아람은 입술을 깨물었다.

"복수를 해 주세요."

여자가 한을 품으면 오뉴월에도 서리가 내린다는 말이 있다.

그녀는 자신을 속이며 사랑을 속삭인 박주서를 용서할 수가 없었다.

"알겠습니다."

노형진은 고개를 끄덕거리면서 동의서를 내밀었다.

"그놈들, 확실하게 잡아 드리겠습니다."

⚖

–이러한 방식의 사기가 횡행하고 있다고 알려진 지금, 단순히 민사라는 이유로 사건을 방치할 수는 없게 되었습니다.

인터넷 방송은 프로그램이 고정되어 있지 않아서 언제든지 새로운 주제로 방송을 할 수 있다는 것이 장점이었다.

시간에도, 장소에도 구애받지 않는다.

"소문이 잘 날까요?"

"잘 날 겁니다."

지금 촬영하는 것은 특집으로 만들어진 〈새로운 사기꾼〉들이라는 프로그램이다.

공중파에 비유하자면 파일럿 프로그램이라고 할까?

"이런 사기꾼들이 있다는 소문이 널리 퍼지겠지요."

물론 사기꾼들이 배울까 걱정되어서 자세한 사기의 방식은 알려 주지 않았지만, 당해 본 사람들 입장에서는 충분히 알 수 있는 정보를 흘려 주었다.

당연히 검찰과 경찰도 그 부분을 인식할 테고.

"당분간은 경찰들이랑 검찰들이 미친 듯이 우릴 욕하겠네요?"

"아…… 그러네요."

노형진은 고개를 끄덕거렸다.

"간통죄로 손해배상 해 준 수많은 사람들이 일단 사기로 고발을 하기 시작할 테니까요."

그럴 수밖에 없다.

간통죄가 사라진 이상 민사로만 진행된 사건들이니 누가 사기꾼인지 알 수가 없다.

그걸 알아내는 방법은 단 하나, 바로 상대방을 고발하는 것.

"그리고 이 경우는 무고가 성립되지 않죠."

고연미는 안타깝다는 듯 말했다.

"가뜩이나 낮은 무고율인데요, 뭐. 애초에 무고를 인정이나 했습니까?"

무고가 성립되기 위해서는 두 가지 전제 조건이 필요하다.

첫째, 그 고발이 가짜임을 알고 있었을 것.

그러니까 상대방이 범죄자가 아니라는 확신을 가지고 있음에도 고발을 해야 한다.

둘째, 그 고발로 인해 상대방이 법적인 처벌을 받기를 원할 것.

하지만 이 경우, 언론에 나간 사기 방식은 두루뭉술하고 진짜와 가짜를 구분해 낼 방법이 없다.

결국 상당수 사람들이 의심을 하고 고소를 할 텐데, 그건 진실을 찾기 위해서다.

애초에 무고죄가 성립될 수가 없는 구조다.

"자업자득입니다. 일하기 싫어서 대충 처리한 건 우리가 아니지 않습니까?"

"끄응…… 간통죄를 없앤 것이 이런 식으로 돌아올 줄은 몰랐겠지요."

"그러니까요."

간통죄가 사라진 후 일단 형사소송은 사라졌다.

하지만 상황이 바뀌었다.

이런 방식의 사기가 존재한다는 게 알려졌으니 간통을 했던 사람들은 상대방을 사기 혐의로 고발할 테고, 그 후에는 또 무고 고소가 이어질 테고.

아주 치고받고 난장판이 될 것이 뻔했다.

"괜찮습니다."

노형진은 당당하게 말했다.

"제가 바빠지진 않을 테니까요."

"완전 잔인하시네요, 진짜. 경찰이랑 검찰이 킬러 보내는
건 아닌지 모르겠네요."

"여러 번 만나 봤습니다, 후후후."

노형진은 미소를 지었고, 방송은 그사이 종반을 향해 가고
있었다.

노형진이 말한, 당사자를 특정할 방법이 드디어 방송에 나
갈 시간이었다.

─이번 사건의 당사자가 누군지, 사건의 특성상 명확하게 언급할 수
는 없기에 가해자로 추정되는 자들이 자주 사용했던 장소에 대한 정보
를 공개하겠습니다. 해당 업소를 자주 사용하다가 간통에 휘말리신 분
들은 연락 바랍니다. 남산에 있는 강모 커피, 청담동의 피크닉……

방송이 나가고 일주일.

방송의 반향은 생각보다 컸다.

"피해자가 마흔세 명이라고……?"

노형진은 마치 영혼이 나간 듯한 얼굴로 물었다.

이것이 법이다

"맞아요. 피해자가 마흔세 명, 평균적으로 2천에서 3천 사이의 합의금을 냈다고 해요."

고연미는 안타깝다는 듯 말했다.

"역시 예상대로 우리가 발견하지 못한 부분이 있었나 봐요."

오로지 자주 가는 식당으로 추적한 결과다.

그리고 인터넷 방송의 특성상, 모든 사람들이 본 것도 아니다.

그런데 벌써 피해자가 예상치를 뛰어넘는다.

"같은 식당에 갔던 것뿐 아닌가요? 그게 문제잖아요."

"일단 사진도 확인했어요, 가해자들이 맞는지. 맞다고 한 사람만 추린 거예요."

"허, 이놈들, 우리 생각보다 오래 해 먹은 모양이군요. 끄응······."

벌써 마흔세 명이라고 하면 도대체 얼마나 더 나올지 감조차도 잡히지 않았다.

"문제는 그게 아니에요."

"문제는 그게 아니라고요?"

노형진이 고개를 갸웃하는 그때, 김성식이 피곤한 얼굴로 들어왔다.

"아, 김 변호사님, 표정이 왜 그러십니까?"

"자네 때문에 내가 죽을 지경이야."

"네?"

"지금 전국 경찰서와 검찰에 사기 고발이 300%가 늘었다고 하네. 제발 좀 자기들 좀 살려 달라고 후배 검사가 징징거리더군."

"하하하하……."

노형진은 어색하게 웃을 수밖에 없었다.

충분히 예상했던 일이니까.

"이래서는 간통죄를 없앤 의미가 없지 않나?"

"어쩌겠습니까? 진짜로 존재하는 사기인데요."

"끄응…… 돌겠구먼."

"아하하하……. 그러고 보니 고연미 변호사님도 뭐 할 말이 있다고 하지 않으셨나요?"

노형진의 말에 고연미는 길게 한숨을 내쉬었다.

"제보가 우리 쪽으로 몰려들고 있어요."

"제보라고요?"

생각지도 못한 일이었다.

제보라니?

물론 이번 사건을 조사하고 공개한 것은 새론이 맞다.

그런데 제보라니?

"정확하게는, 인터넷 방송국과 우리 양쪽 다요. 아무래도 사람들이 고발뿐만 아니라 다른 쪽으로도 조사하고 싶었나 봐요."

"그럴 수도 있지요."

억울한 사람은 어떻게 해서든 그 억울함을 벗어나려고 하니까.

물론 간통이 나쁜 짓이기는 하지만, 멀쩡한 사람을 꼬셔서 간통이라는 죄목을 뒤집어씌우면 억울할 수밖에 없다.

"그래서 사건 비교를 좀 해 봤는데, 의심되는 사건이…… 삼백 건이 넘어요."

"네?"

순간 노형진은 귀를 의심했다.

의심되는 사건이 삼백 건이 넘는다고?

"그것도 간단하게 프로그램으로 피해자라는 사람의 이름이 같은 경우만 추려 낸 거예요. 일단 똑같이 부부로 등장하면 사기일 가능성이 높으니까요."

부부로 같은 이름이 계속 등장하면 분명 사기의 가능성이 아주 높을 수밖에 없다.

"그런 게 벌써 삼백 건이라고요?"

"네."

그런데 그게 끝이 아니었다.

"그 사람들이 우리한테 그 돈을 돌려 달라고 의뢰를 맡기려고 해요. 아마 그 숫자는 더 늘어날 것 같고요."

"그 말은……."

"일에 치여서 말라 죽게 생긴 게 경찰과 검찰뿐만은 아니라는 거죠."

"……."

고연미는 힘들게 웃었다.

"노 변호사님, 무태식 변호사님한테 뭐라고 하시면 안 될 것 같네요. 일거리 가지고 오는 데 아주 타고나셨어요."

"하하하."

"허허허허."

"호호호호호."

어이가 없어서 웃는 세 사람.

그리고 가장 먼저 김성식이 움직였다.

"난 휴가 좀 내야겠군. 요즘 영 몸이 찌뿌둥해."

"저 변호사 은퇴하고 다시 아이돌 하겠습니다."

"……미안합니다."

노형진은 사과할 수밖에 없었다.

⚖

박주서는 공포감에 부들부들 떨었다.

"누나, 어떻게 해? 어? 어떻게 하지? 씨발…… 우리 망한 거야?"

"야! 입 좀 닥쳐!"

곽경화는 소리를 빽 질렀다.

"안 걸린다며! 안 걸린다고 했잖아!"

"씨발, 입 안 닥치냐! 내가 닥치라고 했잖아!"

곽경화도 당황스러워서 어쩔 줄 몰랐다.

자신이 배워 온 이 사기 방식은 절대 안 걸린다고 했다.

실제로 지금까지 걸린 사람은 한 명도 없었다.

그런데 걸렸다.

그것도 하필 자신이.

"어떻게 안 거야?"

그녀는 설마 자신에게 당한 피해자 두 명이 새론에 의뢰를 하면서 이 일이 걸렸을 거라고는 생각도 못 하고 손톱만 깨물었다.

"어쩌지? 지금이라도 튀어야 하나?"

"기다려 봐! 용주랑 돌식이가 배 구하러 갔잖아."

그들은 한국에서는 더 이상 살 수 없게 되었다.

당장 사기로 잡혀 들어가면 몇 년 형이 나올지 모른다.

더군다나 요즘은 야쿠자들이 사기 피해자들을 찾아다니면서 채권 거래를 하고 잡아간다는 소문이 파다하게 나 있다.

그들이 아는 사기꾼 몇몇도 법에서는 배 째라고 하고 말았는데 얼마 후 실종되었다.

그 이후 야쿠자들이 그들을 잡아갔다는 소문이 파다하게 퍼졌고 말이다.

"젠장…… 이거 어쩌지? 어쩌지?"

박주서는 정신없이 방 안을 뱅뱅 돌았다.

"가만히 좀 있어, 이 병신 새끼야!"

외모가 반반해서 사기에 끼워 줬다.

그래서 제법 쓸 만하기는 했지만, 대가리가 워낙 돌이라 그가 잘하는 건 오입질뿐이었다.

"누나."

"누나라고 부르지도 마!"

곽경화는 짜증을 부리다가, 울리는 벨 소리에 다급하게 전화기를 들었다.

"여보세요?"

─언니, 나야. 지금 배 구했어. 당장 인천항으로 와!

"구했다고?"

─그래, 일본까지 태워 주기로 했어. 하지만 돈이 좀…….

"지금 돈이 문제야!"

그녀는 돈이 든 가방을 바리바리 짊어졌다.

수십억의 돈이 들어 있는 가방은 그녀의 마지막 버팀목이었다.

"얼마가 들어도 좋으니까 일본까지만 데려다 달라고 해!"

─알았어. 얼른 와. 조금 있으면 해가 뜬단 말이야.

"알았어! 야, 가자!"

그녀는 서둘러서 바깥으로 나갔다.

"빨리 인천으로 가! 어서!"

박주서가 운전석에 앉고, 그들은 서둘러 인천으로 향했다.

서울에서 인천까지는 금방이었다.

더군다나 사람이 없는 새벽인지라 누구도 그들이 움직이는 것을 알지 못했다.

"언니! 여기야!"

인천에 있는 부두에 도착하자 손을 들고 부르는 용주의 모습이 보였다.

"돌식이는?"

"배에 있어. 그런데 빨리 가야 해. 자기들도 정해진 조업 시간이 있어서, 그 시간 안에 일본까지 가려면 지금 바로 출발해야 한대."

"알았어."

곽경화는 들고 있는 가방 하나를 용주에게 건넸고, 세 사람은 부두에 정박해 있는 배로 향했다.

선수에서 한 남자가 피곤한 얼굴로 일어나 그들을 바라보았다.

"일행이오?"

"네. 이대로 일본까지 가시면 돼요."

"그렇구먼."

남자는 익숙한 듯 고개를 끄덕거렸다.

"당연히 일본으로 모셔야지, 돈만 준다면야."

"돈이라면 얼마든지 드릴게요."

사기로 번 돈만 수십억이다.

그 돈이면 일본에서든 중국에서든 떵떵거리면서 살 수 있다.

곽경화는 그렇게 생각했다.

"당신 돈은 필요 없는데."

"네?"

"나한테 돈을 주는 사람은 따로 있거든."

"그게 무슨 말씀이세요?"

"그건 우리지."

그 순간 등 뒤에서 들리는 목소리에 그들은 고개를 돌렸다.

검은 양복을 입은 웬 남자들이 쭈욱 서 있었다.

"허억!"

"다…… 당신들, 누구야!"

곽경화는 숨이 턱 막혀 왔고, 박주서는 일이 틀어졌다는 사실을 알고 부들부들 떨었다.

나머지 두 사람 역시 공포감에 주춤주춤 뒤로 물러났다.

"일본으로 가는 배를 구하면 당연히 야쿠자들한테 걸린다는 거 모르세요?"

그들을 헤치고 나오는 남자.

곽경화는 그가 누군지 바로 알아차렸다.

"노형진!"

"변호사라는 부분은 빼먹었네요."

다른 사람은 모르지만 곽경화는 안다.

그녀가 전에 하던 사기를 차단한 것이 그였으니까.

그 때문에 그녀는 이번 사기를 배우기 위해 온갖 더러운 꼴을 다 당해야 했다.

그런데 또 노형진이라니.

"애초에 경찰이 출국 금지한 상황에서, 구속영장이 나올 건 당연한 거 아닙니까?"

사건에 대해 조사가 시작되자 인지 수사로 진행하고 있었다는 식으로 보고서를 올린 오광훈이 사진과 증거를 제출했고, 그들에 대한 출국 금지 명령이 떨어졌다.

"그러면 당신들이 어디로 갈지는 뻔하지."

부산?

부산은 너무 멀다. 가는 길에 잡혀 버릴 수도 있다.

"결국 가까운 곳은 인천이지. 애초에 당신들한테 사람 붙이는 게 어려운 일도 아니고."

도주를 예상하지 못한 것도 아니고, 수십억을 가지고 도망가려 할 것은 당연한 일이다.

그러니 그들에게 감시를 붙인 것이 바로 노형진이었다.

"일본으로는 데려가지."

선장은 씩 웃으면서, 곽경화가 꽉 쥐고 있는 가방을 강제로 빼앗았다.

그리고 열어서 안을 들여다보고는 미소를 지었다.

"물론 당신들이 돈을 다 갚은 이후에 말이지."

노형진과 거래한 야쿠자들은 이자를 자신들이 받는 조건

으로 사기꾼들을 처리해 준다.

"일본에 가면 할 일이 많을 거야. 요즘 후쿠시마에 사람 부족해서 난리라고 하더라고."

선장이 가방을 다시 노형진에게 던져 주자, 그는 흡족한 표정으로 그 안에 가득 든 5만 원권을 바라보았다.

"다만 형량이 끝나기를 기다려야 한다는 게 문제인데……."

야쿠자 한 명이 짜증 난다는 듯 말하자 노형진은 그에게 빙긋 웃으며 말했다.

"걱정하지 마세요. 한국은 이런 화이트칼라 범죄는 처벌이 약하거든요. 아마 오래 걸리지는 않을 겁니다."

"그건 그렇지."

야쿠자와 노형진이 일본어로 뭐라고 이야기하는지 모르는 경찰은 그들 뒤에 있다가 노형진이 손짓하자 앞으로 나섰다.

"넌 뭐 하냐?"

"뭐 하긴."

"아니, 왜 그렇게 눈을 부라리고 있는데?"

노형진은 그 와중에 오광훈을 보고 한숨을 쉬었다.

"이건 남자들의 세계의 자존심 싸움이야! 내가 한국을 대표하는 조폭으로서…… 일본의 오야붕이라고 할지라도 자존심을 꺾을 수는 없다고."

노형진은 한숨을 푹 쉬면서 그의 뒤통수를 후려쳤다.

"아, 씁. 뭐야!"

"너는 검사야, 이 멍청아."

"아, 맞다. 나 검사지."

"뻘짓 하지 말고, 가서 네가 하고 싶은 거나 불러 줘."

"아, 미린다원칙! 오, 예! 이럴 때가 바로 승리의 순간이지."

"미린다는 음료수고, 미란다원칙이다."

하지만 가뿐하게 씹고, 영혼이 나간 네 사람에게 다가가는 오광훈.

야쿠자 중 한 명이 그런 그를 보면서 고개를 갸웃했다.

"한국의 검사는 똑똑한 줄 알았는데요?"

"저 애만 빼고요."

노형진은 한숨을 쉬며, 미란다원칙을 읊어 주는 오광훈을 바라보았다.

"그래도 어쩌겠습니까? 가끔 저런 놈이 있는 게 나쁘지는 않거든요."

수갑을 채운 네 명을 끌고 나오는 오광훈.

다른 사람들이 인식하기 전에 미리 인지 수사를 하고 언론에서 터지자마자 바로 움직였으니, 아마 이번 일은 인사고과에 제법 크게 반영될 것이다.

물론 날로 먹는 거지만.

'저 멍청이를 어떻게 써먹지?'

노형진은 그저 머리가 지끈거릴 뿐이었다.

"왜 도망가게 둔 거야?"

자장면을 강철같이 씹으며 묻는 오광훈.

"응?"

"아니, 그렇잖아. 사실 구속영장은 벌써 나왔는데 기다리라고 했잖아? 이미 어디에 있는지 뻔히 다 알고 사람까지 붙여 놓고 체포하지 말라고 한 이유가 뭐야?"

"아, 그거?"

오광훈에게 노형진은 느긋하게 설명해 줬다.

이미 노형진은 자기 몫을 다 먹었으니까.

"도망가게 되면 그놈들이 돈을 다 꺼낼 거 아냐? 그놈들 한국에서는 못 살아. 아니, 다시 들어온다고 해도 최소 10년은 해외에 있어야 해. 그런 놈들이 나갈 때 빈손으로 갈까? 그렇다고 일본에 가서 현금 출금할 수는 없잖아."

"아아…… 그렇기는 하지."

당연히 그들이 도망갈 거라 생각한 노형진은, 그들이 도망갈 때 돈을 다 꺼내기를 기대했다.

그리고 노형진의 생각대로 그들은 현금이란 현금은 모조리 닥닥 긁어서 가방에 넣고 일본으로 도주하려고 했다.

"만일 바로 체포했다면 어떻게 되었을까?"

"나한테 맞아 죽었겠지?"

"제발 생각이라는 것 좀 해라. 너 말고 피해자들 말이야.
그 돈!"

"글쎄?"

"다른 사람들 사건 안 보니?"

"보기는 했는데 뭔 소린지 모르겠더라."

"후우……."

노형진은 그에게 차분하게 설명해 줬다.

그래야 하나라도 더 배우니까.

"일단 체포당하면 어차피 그놈들은 실형은 못 피해. 그러
면 자기들이 돈을 어다다 숨겼는지 절대 말하지 않겠지. 전
에도 말했지만, 한국은 화이트칼라 범죄는 처벌이 약해."

사건이 많다고 하지만, 그동안의 판례를 보면 길어 봐야 5
년에서 8년 정도의 형을 살고 나올 것이다.

당연히 자신들이 돈을 감춰 둔 곳을 말하지 않고 버티다
가, 형기를 마친 후 그 돈으로 떵떵거리면서 느긋하게 살 것
이다.

"그래서 기다린 거야, 가지고 나오도록."

그런데 그들이 배를 구하는 것을 발견했고, 노형진은 인천
지역에 있던 야쿠자들에게 도움을 요청했다.

일본을 들락날락하는 배가 그들에게는 있으니까.

"결국 그들은 있는 돈 다 토해 낸 후에 일본으로 가겠지."

그곳에서 무슨 일을 하든 노형진이 알 바는 아니고.

"흠…… 복잡해. 아줌마! 여기 볶음밥 하나요!"

"얀마! 작작 좀 처먹어! 아까 짬뽕도 먹었잖아!"

"사 준다며!"

"그렇다고 돼지처럼 그렇게 처먹냐!"

"그래야 돈 아끼지! 쓰바, 검찰 월급 박봉이야! 한창때 내 술값도 안 된다고!"

"그러면 비싼 걸 먹든가!"

"나는 중국집이 제일 맛있어! 아, 맞다!"

"왜? 뭐가 기억났어?"

"포장하는 것도 사 주는 거로 인정하냐?"

노형진은 진짜 한 대 때리고 싶은 표정으로 오광훈을 바라보다가 깊은 한숨만 쉴 뿐이었다.

오광훈은 그걸 승낙으로 받아들였다.

"아줌마! 여기 탕수육 대짜 하나랑 배갈 한 병 포장요!"

콜드 케이스

    노형진의 말에 송정한은 미심쩍은 얼굴이 되었다.

"검사들과 손잡자고?"

"정확하게는, 우리 쪽에서 배운 검사들과 손잡는 겁니다."

"이해가 안 가는데. 지금도 그러지 않나? 알음알음 그러고 있는데."

"물론 그렇지요. 하지만 대부분 선이 있는 검사들과 그렇게 손잡고 있지 않습니까? 사실 어느 정도 규모가 있는 로펌에서 아는 검사가 없다는 건 말이 안 되는 것이 사실이고요."

    노형진의 말에 송정한은 고개를 끄덕거렸다.

"그렇지."

    로펌 입장에서는 해당 사건이 형사사건인 경우 정보를 빼

내기 쉽기 때문에 손을 내밀며, 검사의 경우는 승진을 못하면 나가야 하는데 그때 알고 있는 로펌이 있으면 쉽게 자리를 잡을 수 있기 때문에 손잡는 경우가 많다.

물론 불법이지만, 세상이라는 것이 절대적으로 합법만으로 굴러갈 수는 없으니까.

"우리는 좀 다른 차별성을 생각했습니다."

"어떤 거 말인가?"

"콜드 케이스를 조사하는 겁니다."

"콜드 케이스?"

"미결 사건 말입니다. 미결 사건뿐 아니라, 사실상 끝났지만 제대로 수사가 안 된 사건들도요. 그걸 우리가 해결하는 겁니다."

"내가 콜드 케이스라는 단어를 몰라서 되물어본 게 아니네. 하지만 우리가 그걸 조사한다라……."

송정한은 흥미가 동했다.

국회의원이 되면서 회사 일에 손을 놨다고 하지만, 그렇다고 해서 이런 일에 대한 관심까지 아예 사라진 것은 아니었다.

일단 공식적으로 새론의 대표니까.

"자세히 말해 보게."

"간단합니다. 우리나라에서는 탐정이 불법이죠."

대한민국의 경찰과 검찰 그리고 사법부는 국민들의 요구를 충족시켜 주지 못하고 있다.

억울한 사건을 해결하지 못하는 경우도 많다.

아니, 그 정도에서 그치면 차라리 양반이다.

경찰과 검찰이 억울한 이에게 범행을 뒤집어씌우는 경우도 많다.

실제로 노형진은 그런 사건을 많이 봐 왔고 많이 해결했다.

그런 일을 막기 위해서는 절대 법만으로는 안 된다.

이미 법을 이용해서 죄를 뒤집어씌운 후니까.

실제로 사건을 추적하고 그 기록을 확인하며 수사를 해야 한다.

"변호사는 엄밀하게 말하면 법이 제대로 집행되지 않는 것을 막기 위한 존재입니다."

지금이야 범죄자들을 하도 많이 도와줘서 지옥에 가면 변호사가 제일 많다는 소리까지 듣는 게 현실이지만, 애초에 변호사라는 직업이 생긴 이유가 억울한 사람들을 보호하기 위해서다.

그러니 그런 사람들을 보호하는 것은 지금도 계속하고 있는 일이다.

"법만으로 싸우는 변호사는 사실 한계가 뚜렷합니다. 경찰과 검찰이 죄를 뒤집어씌우기 시작하면 답이 없지요. 법만 가지고 싸우기에는 문제가 됩니다. 결국 수사를 해야 합니다. 지금까지 경찰이 죄 뒤집어씌운 사건을 한두 번 보신 게 아니지 않습니까? 제대로 수사하는 사건은 손에 꼽을 정도

고요."

"으음…… 그럴 때는 솔직하게 말하면 방법 없지. 수사를 해야 뭐든 나오고 그걸 가지고 싸우는데, 뭐 수사 자체를 대충하거나 제대로 안 했으면 우리 손에 들어오는 게 없으니까."

"그래서 제가 새론에 정보 팀을 만든 거죠. 쉽게 말해서 궁극적으로 그 부분을 확대하자는 겁니다."

제대로 처벌이 되지 않은 사건의 경우는 노형진이 몇 번이나 처리했지만, 결국 민사적 보복이 최선이지 형사적 처벌은 불가능하다.

일사부재리 때문이다.

"물론 일사부재리는 새로운 사건 증거가 나오거나 하면 뒤집을 수 있지만, 실제로 그런 경우는 드물지. 설사 나온다고 해도 검찰 측에서 받아들여 주는 경우는 더 드물고."

"맞습니다."

노형진은 고개를 끄덕거렸다.

지금까지 그래 왔고, 그래서 노형진이 어쩔 수 없이 야쿠자의 손을 빌려서까지 제재를 가해 올 수밖에 없었다.

"그거랑 탐정업이랑 무슨 관계가 있다는 건가?"

"탐정업은 그러한 증거를 모아 주는 것이 기본이죠."

"그렇지. 하지만 수사권을 경찰과 검찰에만 부여하고 있어서 탐정이 없지 않나?"

"만일 우리가 검사들과 손잡고 그런 사건들을 해결한다면요? 어떻게 생각하십니까?"

"우리가?"

"우리는 이미 충분한 검사 인력을 가지고 있습니다. 우리가 사건을 수임해서 조사하고 그 자료를 그들에게 넘기는 건 절대 불법이 아니지요. 변호사라는 직업의 특징이니까요."

"으음……."

새론은 충분한 검사 인력을 가지고 있다.

새론이 시행하는 로스쿨 지원 제도.

그 지원을 받아서 검사로 들어간 사람들이 적지 않다.

좋게 말하면 그들과 원만한 관계를 유지하고 있고, 나쁘게 말하면 기업들이 잘한다는 새론 장학생 같은 존재들이다.

그리고 변호사라는 직업 관련해서 수사를 금지한다는 규정은 없다.

수사를 허락한다는 규정 역시 없지만, 사건을 해결하기 위해서는 그 사건 자체를 조사하고 파고들 수 있어야 하는 만큼 수사를 막는 법을 만드는 것은 불가능하다.

지금 변호사들이 법으로 말장난을 하는 이유는 그저 조사를 하는 과정에서 돈이 들고 귀찮기 때문이지, 법적인 한계 때문은 아니라는 거다.

영장을 필요로 하는 부분은 방법이 없다지만, 협조를 얻어서 조사하는 것은 충분히 가능하다.

"그들에게 미결 사건이나 증거로 인해 뒤집어질 수 있는 사건을 기소해 달라고 부탁하는 겁니다."

"그러면……."

기소권은 검사의 고유 권한이니, 인지 수사를 한다고 하면 사건 자체를 담당하는 것은 어려운 일이 아니다.

그리고 충분한 증거가 모이고 인지 수사로 넘어가게 되면 검사는 당연히 영장을 청구할 수 있게 되니, 좀 더 명확한 수사가 가능해진다.

"그리고 우리는 충분히 수사 능력이 되지."

송정한은 그렇게 말하면서 노형진을 바라보았다.

그는 노형진의 사이코메트리 능력을 알고 있는 유일한 사람이다.

어찌 보면 그 능력은 이런 수사에 특화되어 있다고 봐도 무방하다.

"장기적으로 보면 우리가 한국에서 탐정업을 하는 겁니다. 물론 편법이기는 하지만요."

"탐정업이라……."

송정한은 노형진의 말에 고민에 빠졌다.

그도 변호사 노릇을 하면서 탐정의 필요성을 느낀 게 한두 번이 아니다.

하지만 사법부는 자신들의 무능력이 드러나는 것이 두려워 결사반대하고, 국회 역시 법률계 출신이 많은 탓에 관련 법을 만들 생각을 하지 않고 있다.

이것이 법이다

공식적으로는 돈으로 인해서 사법적 불평등이 생긴다는 것이 그들의 반대 이유인데, 현실을 보면 이미 사법적 불평등은 만연해 있다.

돈이 있으면 경찰과 검찰에서 충성을 당하니까.

그렇다 보니 정작 진짜 억울하게 죄를 뒤집어쓴 사람들은 하소연할 곳이 없다.

'사법권에서는 그게 싫은 거지.'

탐정업이라는 특성상 진짜 억울한 사람만 사건을 의뢰할 것이다.

자신의 범죄를 드러내기 위해서 탐정을 고용하는 사람은 없을 테니.

당연히 탐정이 의뢰를 받아서 조사를 하면 경찰이나 검찰의 수사가 뒤집어지는 경우가 많을 테고, 그건 그들의 무능으로 연결된다.

즉, 탐정이라는 존재 자체가 한국 사법권의 무능을 증명하는 셈이다.

"변칙적이기는 하지만 탐정업을 하는 데 문제는 없겠군."

물론 사건 자체가 기본적으로 수임을 하고 형사든 민사든 소송이 걸려야 한다는 제한이 있기는 하지만 말이다.

"애초에 형사처벌이나 민사적 손해가 걸려 있지 않은데 탐정을 고용할 이유는 없죠. 뭐, 불륜 추적 같은 건 지금 흥신소들이 다 알아서 하고 있으니 문제 될 것은 없구요."

"탐정업이라…… . 확실히 변호사의 업무 영역이라고 볼 수도 있군."

대충 그림이 그려지자 송정한의 얼굴에 잔잔한 미소가 떠올랐다.

안 그래도 정보 팀이 있다는 이유 하나만으로 억울한 사람들이 새론에 몰려들고 있다.

제대로 탐정 업무를 진행하게 된다면 얼마나 많은 사람들이 몰려들지, 감조차 잡히지 않았다.

"특히나 지금 같은 사법 불신의 시대에는 더더욱 그러겠지요."

"그렇겠지. 웃기지만 변호사들도 사법을 안 믿는 판국이니 말일세. 미해결 사건을 우리가 해결할수록, 우리 쪽으로 사건이 몰리겠군. 좋은 생각이야. 검사와 친하게 지내는 건 그냥 사건 정보와 약간의 혜택만 있을 거라고 생각했는데 말이지."

하지만 이런 식이면 사실상 새론이 수사권을 가지고 있는 것처럼 움직일 수 있다.

변호사가 의뢰를 받아서 조사를 하는 것은 불법이 아니니까.

"그리고 장기적으로 보면, 우리가 검사 출신의 유명 변호사들을 모으는 데에도 유리합니다."

"검사 출신의 유명 변호사들? 그런 사람들은 부르는 게 몸값일세. 그런데 우리 쪽으로 온다고?"

"생각을 바꾸면 됩니다. 유명한 사람들을 데리고 오는 게 아니라, 우리 쪽 사람을 유명하게 하면 되는 겁니다."

새론이 해결한 사건의 공소는 새론의 장학생들이 하고, 동시에 그들은 콜드 케이스나 미심쩍은 사건을 새론에 넘겨주고 그게 해결되면 자신의 실적으로 올릴 수 있게 되는 것이다.

"그리고 실적이 뛰어날수록 그들은 더 높은 곳으로 올라가겠군."

"네, 맞습니다."

노형진은 씩 웃었고, 송정한도 흡족한 표정이 되었다.

"그리고 우리는 거기에 우리 쪽 변호사를 한 명씩 붙이는 거죠. 저는 이걸 스타 전략이라고 부를 생각입니다."

"스타? 게임?"

"그게 아닙니다. 우리가 스타를 만들어 내는 거죠. 사실 현대에 와서 가장 효율적인 전략은 사람 아니겠습니까?"

연예인들이 괜히 협찬을 받는 게 아니다.

유명인들이 그 물건을 쓴다는 것 자체가 광고가 되기 때문에 어마어마한 협찬을 받는 것이다.

"로펌이라는 특성상, 텔레비전 광고나 신문광고는 효과가 별로 없지요."

당사자가 되기 전까지는 변호사들에게 아무런 관심 없는 게 현실이니까.

"하지만 스타 검사와 스타 변호사가 있다는 것 자체가 우리에게는 광고 전략인 셈입니다. 거기에다 미결 사건까지 해결하기 시작하면, 아마 사람들 사이에서는 능력 있는 로펌 자체가 바로 새론이라는 이미지가 생길 겁니다. 그게 스타의 힘이지요."

송정한의 얼굴이 환해졌다.

그게 성공한다면 한국에서 1위의 자리를 무난하게 차지할 수 있기 때문이다.

당장 연극만 봐도 마찬가지다.

연예인들이 연극으로 넘어가는 가장 큰 이유가, 연극 연기자 중에 연예인 출신이 있는 것만으로도 홍보가 되기 때문이 아닌가?

"뛰어난 전략이군. 우리 새론의 미래가 밝아지겠어. 그나저나 이런 생각은 어떻게 하게 된 건가? 로스쿨 장학생을 만들 때는 그런 말 안 했잖아?"

"아…… 그냥 생각이 났습니다."

노형진은 어색하게 웃었다.

자장면을 처먹던 오광훈을 보다 보니 어이가 없어서, 어떻게든 부려 먹으려고 머리를 쥐어짠 결과라고는 차마 말할 수가 없었다.

'처먹은 만큼 부려 먹어 주마.'

누가 들으면 뇌물 준 것처럼 들릴 만한 생각을 하면서 노형진은 애써 웃었다.

"스타 검사와 변호사가 많아질수록 우리의 입지는 강해질 겁니다. 지금 별 볼 일 없는 검사 중에서 야심이 있는 사람들은 우리 쪽에 선을 만들려고 할 테고요."

이미 위에 있는 사람들을 포섭하는 다른 로펌들과는 전혀 다른 방식의 접근.

"억울한 사람들이 우리한테 많이 오겠군."

"좋은 일 아니겠습니까?"

"하지만 우리 변호사들이 일에 치여서 죽겠지."

"아……."

노형진은 어색하게 시선을 돌렸고, 송정한은 그런 그를 보면서 피식하고 웃었다.

"좋게 생각하게. 어차피 우리도 변호사 숫자를 늘려야 하지 않나? 빈 공간이 좀 부족하기는 하지만."

"주변의 다른 빌딩을 또 사야겠군요."

"그거야 어렵지 않네. 일본 애들이 돈 많이 줬거든, 후후후."

송정한은 미소를 지었다.

노형진 덕분에 생수 공장에 투자한 새론은, 그 생수가 일본에 전량 수출되면서 막대한 이득을 얻었다.

그뿐만 아니라 여러 곳에 투자를 해서 벌어들인 돈으로, 최소한 돈 때문에 압력을 받지는 않게 되었다.

"좋은 생각이야. 일단 구성을 해서 사건을 하나 해 보지, 시험 삼아."

"알겠습니다."

노형진은 미소를 지으며 고개를 끄덕거렸다.

⚖

콜드 케이스.

사실 이건 영어 표현이고, 정식 용어는 미결 사건이다.

해결되지 않은 사건을 뜻하는데, 생각보다 미결 사건이 많다.

"그리고 생각보다 경찰들이 귀찮아서 미결로 넘기는 경우
도 많지요."

노형진은 공사 중인 건물을 바라보면서 말했다.

계획은 빠르게 진행되었고, 본사에서 좀 떨어진 곳에 있던
빌딩을 빌려서 새로운 사무실을 꾸미고 있는 중이었다.

"속해 있는 변호사들의 숫자만으로는 이제 새론이 거의 한
국 톱이네요."

고연미는 왠지 신기하다는 듯 말했다.

한국 톱이라는 이름. 그건 쉽게 가질 수 없는 자리다.

"물론 변호사 숫자만 기준으로 삼았을 때의 이야기죠."

다른 정치적 사건이나 대룡을 제외한 대기업의 사건을 하
지 않는 특성상, 사람의 숫자는 많지만 그 수익은 대략 10위
권 정도를 유지하고 있을 뿐이었다.

"애초에 우리 새론은 친서민 변호사 사무실 아닙니까?"

노형진은 씩 웃으며 말했다.

"그런데 경찰이 생각보다 미결을 많이 만든다는 게 사실이에요? 전 몰랐어요."

"미결 사건은 변호사들에게 넘어오지 않으니까요. 설사 넘어온다고 해도, 미결 사건을 조사해 주는 변호사는 지금까지 없지 않았습니까? 그러니 대부분 미결이 되면 포기해 버리는 것이 현실이지요. 그런데 대부분의 미결 사건들은 사건이 어려워서 미결로 넘어가지는 않습니다. 귀찮아서죠."

노형진은 머리를 긁적거렸다.

경찰 입장에서는 해결을 해 봐야 그다지 실적도 안 되는 사건보다는, 실적이 되는 사건이나 또는 투자 대비 시간이 적게 소요되는 사건에 매달리는 성향이 뚜렷하다.

그렇다 보니 인사고과가 낮은 사건은 그냥 방치하다가, 처리 시한이 닥치면 그냥 미결 도장 하나 딱 찍어서 넘겨 버리는 것이다.

"대표적으로 예를 들어 보자면, 어떤 분이 자기 밭에서 컨테이너를 도둑맞았습니다."

"에? 컨테이너요?"

"네. 창고용으로 가져다 놓은 컨테이너였죠."

"그걸 훔쳐 갔다고요? 아니, 이해가 안 가는데? 그걸 훔쳐 갔는데 도둑을 못 잡았어요?"

상식적으로 컨테이너가 아무리 작다고 해도 그걸 훔치기 위해서는 전문 장비가 필요하다.

기본적으로 그 컨테이너를 들어 올리기 위해 크레인이 필요할 것이다.

거기에다가 그걸 옮기기 위해서는 컨테이너 전용 트럭이 필요하다.

"그러니까 문제가 되는 거죠."

관내에 크레인 회사가 많은 것도 아니고, 컨테이너는 일반 트럭에 실을 수 없으니 전용 트럭을 불러야 하는데 그런 회사가 많은 것도 아니다.

당연히 그런 차량이 사건 당일 현장으로 들어가는 게 분명히 도로상의 CCTV에 찍힐 수밖에 없다.

사실 수사하려고 맘만 먹으면 일주일도 안 걸려서 해결할 수 있는 사건이다.

"그 사건은 나중에 미결 사건으로 넘어갔죠."

"어째서요?"

"들어가는 시간보다는 인사고과가 낮으니까요."

경찰은 시간만 질질 끌다가 결국 처리 시한이 다가오자 그냥 미결로 넘겨 버렸다.

피해 물품의 덩어리가 클 뿐이지, 사실 사건 자체만 보면 단순 절도 정도의 인사고과밖에 안 나오니까.

"피해자 입장에서는 어이가 없지만요. 그런 게 경찰의 한계죠. 아니, 일부 공무원들의 한계라고 표현하는 게 맞겠네요. 일 제대로 하는 사람은 분명히 있으니까."

노형진의 말에 고연미는 혀를 끌끌 찼다.

그녀는 노형진처럼 많은 지식을 가지고 있지 않다.

그래서 경찰이 그 정도로 일을 하지 않는다는 사실을 몰랐다.

"그래서 이번 계획을 짜신 거군요."

"뭐, 우연이기는 하지만요. 하지만 우리가 이걸 시작하면 아마 사법의 세계는 많이 바뀔 겁니다."

그렇게 함으로써 새론이 사실상 공소권을 가지고 있는 것처럼 할 수 있다면, 아마 많은 사람들이 새론으로 찾아올 것이다.

"물론 그러기 위해서는 많은 검사들과 손잡아야 하겠지만요."

"쉽지는 않을 거예요. 우리와 손잡고 일하게 되면 일부 검사들이 반발할 게 뻔해요."

사건을 해결하려고 하는 게 아니라 검사라는 존재를 자랑스럽게 여기며 목에 힘주는 사람들 입장에서는, 검사가 스스로 미결 사건들을 외부 세력과 손잡고 해결한다는 것 자체가 모욕으로 받아들여질 수도 있는 사항이다.

"그건 어쩔 수 없죠. 구더기 무서워서 장 못 담글까요? 원래 뭐든 새로운 걸 개발한다는 것은 기득권을 부순다는 의미도 됩니다. 생각해 보세요. 안 그런 게 하나라도 있습니까?"

"없죠, 하나도."

과자 하나를 만들어도 기존 과자들을 뛰어넘어야 하며, 노래 한 곡을 만들어도 기존 작곡가들과 경쟁해야 한다.

세상에 아무런 경쟁 없이 이룩할 수 있는 것은 없다.

"어차피 우리도 세력을 키워야 하는 상황이니까 사람들의 지지를 받아 낼 가장 좋은 방법을 찾아야지요."

"음......."

고연미는 잠깐 고민하다가 고개를 끄덕거렸다.

"하긴, 마냥 화사해 보이는 걸 그룹들의 세계도 서열이 엄격하죠."

"그래요?"

"말도 마세요. 나이를 떠나서 후배가 무조건 선배한테 90도 인사하는 건 기본이에요."

고연미는 고개를 절레절레 흔들었다.

"그런데 미결 사건이 한두 개가 아닌데 그런 걸 다 할 수는 없지 않아요? 아니, 다 하는 건 문제가 아닌데. 일단 홍보가 문제인데."

경찰이 일하기 싫어서 안 한 사건들이야 해결이 어렵지 않을 것이다.

그런 사건들을 추적하는 건 쉬울 테니까.

그러나 그런 사건들은 워낙 흔하기 때문에 그걸 가지고 홍보하기에는 확실히 파워가 부족하다.

"그래서 김성식 변호사님이 하나 가지고 오시기로 했습니다. 제 이야기를 듣고는 적당한 사건이 하나 있다고 하시더군요. 어떤 사건인지 저는 잘 모르겠습니다만."

"그런가요? 그러면 전 뭘 해야 하는 거죠?"

고연미는 고개를 갸웃했다.

노형진이 보통 팀을 이루면 다른 변호사 한 명을 붙인다.

즉, 이번 사건은 김성식이 붙어서 해결한다는 의미다.

그런데 왜 자기까지 여기로 부른 건지 이해가 가지 않았다.

"말씀대로 홍보입니다. 이 사건은 제가 아니라 고연미 변호사님이 해결하는 걸로 해야 합니다."

"에? 잠깐만요! 저요? 제가 해결하라고요? 전 수사 방식을 전혀 모르는데요!"

고연미는 당황해서 더듬거리면서 되물었다.

그녀는 사실 새론 방식을 아직 다 익히지 못했다.

그리고 사건 수사는 전혀 모른다.

그런데 직접 해결해야 한다니?

"아, 걱정하지 마세요. 도와드릴 겁니다. 정확하게 표현하자면, 사건 자체는 저와 다른 사람들이 하겠지만 고연미 변호사님이 사건을 해결한 걸로 공표하셔야 한다는 겁니다."

"아니, 왜요? 뭐 하는 것도 없이 공적을 날치기하라는 건가요? 그건 좀 그런데요."

"아까 고 변호사님이 뭐가 문제인지 말씀하셨잖습니까?"

"뭐가 문제인지…… 아…….”

홍보.

새론이 미결 사건들을 해결해 준다는 홍보를 하는 가장 강력한 방법이 뭘까?

광고를 하고 인터넷에 뿌리고 지라시를 돌리고 명함을 나눠 주는 것?

물론 그것도 홍보가 될 것이다.

"하지만 가장 강력한 것은 바로 방송 한 번이죠. 기본적으로 이번 계획의 최종 목적은 스타의 탄생입니다. 스타 변호사와 스타 검사를 만들고, 그들의 존재로 새론의 존재를 유명하게 하는 거죠. 그런데 과연 그런 광고효과를 가장 효율적으로 일으킬 수 있는 사람이 누구일까요?"

노형진은 안 된다.

이미 유명한 사람이고, 사건 해결해 봤자 인터넷상의 표현을 빌리자면 '노형진이 노형진 했을 뿐'이다.

김성식?

그는 부장검사 출신이기 때문에 이미 유명한 사람이다.

다른 곳도 아니고 대검찰청 중앙 수사본부의 부장검사라는 타이틀이 있기 때문에, 그가 사건을 해결해 봤자 드러나는 것은 새론이 아닌 부장검사 출신이라는 그의 타이틀뿐이다.

"하지만 고연미 변호사님은 아니죠. 일반 변호사이고, 전직 아이돌로 이미 언론에 드러나서 관심을 이끌고 있는 사람이죠. 일반 변호사가 해결한다면 기사가 열 개가 나가겠지만, 고연미 변호사님이 해결한다면 아마 기사가 서른 개는 나갈 겁니다. 결국 효율의 문제지요."

전직 아이돌 걸 그룹 출신 변호사가 미결 사건을 추적해서 해결했다는 것.

그게 회사의 업무 중 하나라는 것.

그게 공개된다면, 다른 홍보 방법은 무의미할 정도로 확실하게 홍보가 될 것이다.

"제가 걸 그룹 출신이라서 그런 거군요."

"혹시 기분 나쁘신가요?"

고연미는 고개를 흔들었다.

"그럴 리가요. 애초에 누군가는 해야 하는 일인데요. 거기에다 제가 공식적으로 새론의 대변인이기도 하니까. 노형진 변호사님이 저를 무시해서 이런 말씀 하시는 게 아니잖아요? 그저 노 변호사님과 제가 가지고 있는 능력이 다를 뿐이지."

"지혜로운 말씀이시네요."

"그나저나 걸 그룹 때도 못 된 스타를 여기서 하게 될 줄은 몰랐네요, 호호호."

고연미는 기분이 묘하다는 듯 웃었다.

"전 노 변호사님이 하실 줄 알았어요."

"전 무리입니다. 언론이랑 사이가 안 좋아서요, 하하하."

노형진이 언론 플레이를 하고자 한다면 여러 가지 힘든 일이 많을 것이다.

기자들과 척진 부분이 많기 때문이다.

하지만 고연미는 아니다.

전직 걸 그룹이라는 특성상, 그녀가 특별한 사건을 해결하면 그 이슈성은 상상을 초월한다.

"하지만 그러기 위해서는…… 어중간한 사건으로는 언론이 관심을 갖지도 않을 텐데요."

고연미는 고개를 갸웃했다.

노형진이 말한 절도 사건 같은 건 해결해 봐야 언론에서는 그저 그러려니 할 것이다.

"그게 문제이기는 합니다. 미결 사건 자체는 맞지만 그에 걸맞은 난이도도 있어야 하고 이슈성도 있어야 하거든요. 강렬한 임팩트가 필요할 겁니다."

노형진은 우려 섞인 목소리로 말을 이어 갔다.

김성식이 자신에게 맡기라고 하기는 했지만 어떤 사건인지 듣지는 못했기 때문이다.

"아주 임팩트 있는 사건이 하나 있지."

때마침 뒤에서 들리는 목소리.

고개를 돌린 두 사람은 다가오는 김성식에게 인사를 건넸다.

"오셨습니까?"

"회의를 공사판에서 하자니, 특이하군."

"그냥 심기일전하자는 겁니다. 이곳에서 이제 그런 미결 사건들을 담당하게 될 테니까요."

"나도 들었네. 좋은 생각이야. 생각보다 그런 게 많거든. 물론 대부분 좋게 말하면 경찰의 인력 부족, 나쁘게 말하면 경찰의 무능 때문이지만."

김성식은 고개를 끄덕거렸다.

검사로서 활동하면서 그런 사건들은 숱하게 봐 왔다.

때로는 도대체 이런 사건을 왜 해결하지 못하는지 이해가
안 가는 사건들도 제법 많았다.

"그런데 아까 말씀하신 사건이 뭔데요, 그 임팩트가 있는
사건이라는 게? 살인 사건인가요?"

"그걸 알면 미결 사건이 아니지. 음, 자네한테는 선배가
되려나, 후배가 되려나? 레드윙스라는 걸 그룹 아나?"

"레드윙스요? 아, 알아요. 제 선배죠. 저랑 데뷔가 7개월
정도밖에 차이가 안 났어요. 제 데뷔 시점이 아마 그분들은
디지털 싱글 2집 활동을 끝낼 때쯤이었을 걸요. 그래서 인사
만 잠깐 했는데. 그러고 보니 최근에 활동하는 걸 본 적이 없
네요. 해체한 건가요? 그런데 그분들이 무슨 미결 사건에 엮
여요?"

고개를 끄덕거리는 고연미.

그런데 아무런 표정의 변화가 없는 걸 보고 김성식은 고개
를 갸웃했다.

거기에다 대답을 들어 보니 아예 소식을 모르는 눈치였다.

"잘 모르나?"

"잘 몰라요. 소속사도 우리와 관련이 없고, 선배라고 하지
만 활동 시기가 겹친 건 저 데뷔할 때 한 번뿐이고. 그나마도

짧았거든요. 음, 어느 날 갑자기 사라진 것처럼 조용해졌네요. 하지만 그런 걸 그룹이 한두 개도 아니고, 같이 데뷔한 그룹 중에서 지금도 활동하는 애들은 두 팀도 안 되는데요, 뭘. 우리 망했다고 거창하게 해체식 하는 그룹은 없잖아요. 다 소리 소문 없이 사라지지."

김성식은 혀를 끌끌 찼다.

"진짜 사라졌지."

"네. 그런 건 흔하다니까요."

"아니, 은퇴했다는 말이 아닐세. 말 그대로 실종 처리되었네, 다섯 명이 전부."

"네?"

고연미는 깜짝 놀랐다.

걸 그룹 다섯 명이 한꺼번에 실종 처리되었다는 게 이해가 가지 않았던 것이다.

물론 이해가 가지 않는 것은 김성식도 마찬가지였다.

"아니, 그 사건이 세상을 얼마나 떠들썩하게 했는데 모른다는 게 말이 되나?"

"아…… 그게……. 그때는 저희가 막 데뷔한 시점이라서……."

데뷔를 하면 모든 것이 통제된다.

핸드폰도 압수되고 인터넷도 할 수가 없으며 컴퓨터도 없다.

"저희는 숙소에 텔레비전도 없었어요. 가난해서요. 거기에다 데뷔하고 막 뛰어다닐 때라 틈날 때마다 자기 바빠서…….

그런데 실종이라니요?"

"매니저가 말도 안 해 줬습니까? 그나저나 레드윙스라니, 확실히 이슈가 될 만한 사건이네요. 저도 완전히 잊고 있었습니다."

심지어 노형진조차도 어이가 없었다.

보통 매니저가 그런 걸 이야기해 주지 않나?

그런데 아무 이야기도 해 주지 않았다니?

고연미는 안타까운 표정으로 말했다.

"성공한 후에야 우리가 갑이겠지만 갓 데뷔한 상황에서는 매니저가 갑이에요. 실제로 욕하거나 때리는 매니저도 있으니까요. 우리 매니저가 좋은 사람은 아니었어요. 거기에다 갓 데뷔했을 때는 그냥 질질 끌려다니는 수준이라서요. 그나저나 사라지다니, 도대체 무슨 일이 있었던 건가요?"

고연미의 질문에 김성식은 차분한 표정으로 대답했다.

"말 그대로네. 어느 순간 그냥 사라졌어. 매니저와 같이 그대로 증발했지."

레드윙스는 중견 엔터테인먼트 회사에서 데뷔한 걸 그룹이다.

하지만 제법 실력이 있어서 성장세를 유지하고 있었다.

"그래요? 그런데 왜 말을 안 해 준 거지? 톱까지는 아니지만 그래도 생존은 할 수 있는 수준의 인기는 끌었죠. 그런 건 이야기를 해 줘야지."

지나간 일에 살짝 짜증을 부리는 고연미.

노형진도 고개를 끄덕거렸다.

"확실히 고연미 변호사가 해결하면 이슈가 될 사건이네요. 후배가 선배의 사건을 해결한 셈이니까. 그런데 그 사건이 미결이었나요? 그러고 보니 어느 순간 언론에서 더 이상 나오지 않았던 것 같긴 한데."

"그래, 미결이지. 이런 사건들은…… 알잖나, 시간이 지나면 잊히는 거."

그리고 엔터테인먼트 회사 입장에서도 사건을 덮으려고 한다.

좋지 않은 소식이 오래가 봐야 회사에 도움이 안 되니까.

방송과 밀접한 관계가 있는 그들의 특성상, 대부분의 사건은 그들의 힘으로 인해 묻혀 버린다.

"실종이라니. 저희는 그냥 해체된 줄 알았는데……."

"뭐, 내가 그 당시 걸 그룹 인기는 잘 모르겠지만, 일단 공식적으로는 여섯 명의 실종 사건이네."

지방 공연을 끝내고 숙소로 향한 다섯 사람.

매니저가 그들을 데려다주기 위해 운전을 하고 출발했는데, 중간에 그냥 사라져 버렸다.

매니저와 함께 사라진 그녀들을 찾기 위해 경찰은 노력을 했지만 결국 찾지 못했다.

"CCTV에서도 흔적이 안 나왔고 집으로 들어온 흔적도 없었어. 매니저의 전화기는 꺼져 있고."

대략 2주 정도 시끄러웠지만, 결국 발견하지 못하고 흐지부지 넘어가 버렸다.

"그 당시에 경찰과 검찰도 사건 무마하느라고 진땀 좀 흘렸지."

"경찰과 검찰에서요? 어째서요?"

다른 사람도 아니고 경찰과 검찰이 그 사건을 왜 무마한단 말인가?

고연미는 고개를 갸웃했지만 이내 이해할 수 있었다.

"그 사건은 그들에게도 상당한 부담이었으니까. 유명인이 사라졌는데 못 찾았으니 얼마나 가루가 되도록 까였겠는가?"

"아……."

일반인도 아니고 얼굴이 알려질 대로 알려진 걸 그룹을 못 찾는다는 것은 사실상 그들의 무능을 증명하는 것이나 마찬 가지인데 도무지 방법이 보이지 않자, 그들은 사건 해결을 선택하는 대신에 사건의 무마를 선택했다.

"그런 사건들이 의외로 많네."

김성식은 쓸쓸하게 말했다.

공권력이 자신의 치부를 감추기 위해 움직인다는 게 너무 나 안타까웠다.

"그런 사건이라면 우리라고 해결할 수 있을지 모르겠네요. 아마 경찰도 그때 목숨 걸고 추적했을 텐데."

난이도가 너무 높은 것 아닌가 하는 걱정에 고연미는 저절로 우려 섞인 표정이 되었다.

하지만 곧 결심을 굳힌 듯 당차게 말했다.

"하지만 이걸 해결할 수 있다면 확실히 이슈가 되겠네요."

고연미는 김성식이 그 사건을 가지고 온 것에 대해 잘 선택한 거라 생각했다.

"사라진 걸 그룹을 후배 걸 그룹 출신이 추적해서 찾아낸다라……."

노형진은 계속 사건을 되짚어 봤다.

이슈화하기에는 아주 좋은 사건이다.

사건 자체도 전 국민이 아는 사건인 만큼, 한번 터지면 사람들이 빠르게 새론이 미결 사건을 해결한다는 것을 알게 될 것이고 말이다.

"좋기는 한데 말이야, 그만큼 어려운 사건이야. 이건 자네가 생각하는 것처럼 무능의 문제가 아니야. 경찰과 검찰이 사건을 해결하기 위해 기를 쓰고 이 잡듯이 뒤졌네. 하지만 증거가 하나도 안 나왔어. 심지어 차도 발견되지 않았네."

즉, 수사권을 가지고 있는 사람들조차도 찾지 못한 것을 어떻게 찾을 것이냐가 관건이었다.

"그 부분은 제가 믿는 구석이 있습니다."

노형진은 씩 웃으며 김성식에게 자신 있게 말했다.

"그 사건이 우리에게 이제 새로운 일거리를 가져다줄 겁니다, 후후후."

"어색하네요."

고연미는 자신을 따라다니는 카메라를 보면서 배시시 웃었다.

"아이돌 출신이시지 않습니까?"

"그게 몇 년 전인데요. 이제 카메라 앞에 서는 게 어색해요."

홍보를 하려면 제대로 해결해야 한다.

단순히 사건만 해결하는 게 아니라 그 과정 자체를 모두 찍어서 내보내는 것이 노형진이 계획이었다.

이게 다큐로 나가면 큰 반향을 일으킬 테니까.

"그나저나 다큐 형식의 촬영까지 한다니, 너무 무리하는 거 아닌가요?"

"무리가 아닙니다. 애초에 계획하고 해결하는 것과 어쩌다 보니 해결하는 건 전혀 다르거든요. 어쩌다 해결하는 건 우연이지만, 계획하고 해결하는 건 우리 수사력을 증명하는 거죠. 그래서 찍는 거고요."

"쩝, 뭐 금방 익숙해지겠지요. 전 해 봤으니까."

"그나저나 김 변호사님은 별로 어색해하지 않으시네요?"

"어색하지. 하지만 이야기도 못 할 정도는 아니네, 허허허."

김성식은 사람 좋게 웃었다.

그런 김성식을 보면서 고연미는 피식 웃고는 다시 시선을 돌렸다.

실종자 가족들에게서 받아 온 의뢰서들.

그들은 완전히 절망한 상태에서 혹시나 하는 마음에 의뢰서에 도장을 찍어 줬다.

그걸 보면서 노형진은 더욱 마음을 강하게 먹었다.

'미결 사건은 조심해서 다뤄야겠어.'

까딱 잘못하면 피해자들에게 희망 고문을 할 수 있다.

그러니 한번 수임을 하면 제대로 수사를 하는 것이 중요하다.

설사 실패하더라도 그들이 납득할 수 있도록 말이다.

"그러면 시작하죠."

결심을 굳히고 서류철을 여는 노형진.

경찰에게서 받아 온 그 당시 수사 기록들.

호기롭게 시작하기는 했지만, 기록을 넘길수록 세 사람은 심각한 표정이 될 수밖에 없었다.

"엄청나게 깔끔하네요."

"그리고 아무것도 없고 말이야. 이 정도로 아무것도 없을 줄은 몰랐는데."

고연미도, 김성식도 당황스러운 목소리로 말했다.

유가족들은 아이들의 시신이라도 찾기를 원하지만, 어디서부터 시작해야 할지조차 알 수 없는 상황.

뭐든 흔적이 있을 거라 생각했으나 자료에서는 정말 아무 것도 찾을 수가 없었다.

"경찰도 진짜 악착같이 뒤졌네요."

"말했잖나, 그 당시 경찰력이 총동원되었다고."

김성식은 사건 기록을 다시 넘기며 말했다.

"지방 공연이 있던 곳은 대구였네. 그리고 숙소는 서울이 었어. 대구에서 서울로 올라가는 모든 동선의 카메라들을 뒤 졌네. 그런데 없더군."

모든 CCTV를 조사하고 핸드폰 추적은 물론, 사람들을 심문하고, 차가 있을 만한 곳은 모조리 발로 뛰었다.

"결과적으로 남은 건 '매니저가 다섯 사람을 살해하고 도 망간 것 같다.'라는 애매모호한 추측뿐이네요. 뭐 이딴 식의 처리가 있대요? 결과도 없이 '같다'니? 거기에다 그 가해자 는 실종자 중 한 명이라니. 이거 어떻게 생각하세요?"

고연미의 질문에 노형진은 확실하게 선을 그었다.

"참 경찰다운 발상이네요. 이런 식으로 두루뭉술하게 넘 기면 조사할 필요가 없으니까요. 가해자가 실종되었는데 어 떻게 사건을 진행하겠습니까? 그냥 수배 하나 내리고 마냥 기다리는 거죠."

같이 사라졌으니 그놈이 범인이라는 아주 간편한 발상.

'그러니까 짭새 소리를 듣지.'

물론 진짜로 그랬을 수도 있다.

하지만 그런 추측을 하기 위해서는 기본적으로 그런 일을 저질렀을 경우의 이익도 따져 봐야 한다.

"매니저가 레드윙스를 해코지할 이유가 없어요. 또 매니저가 경험이 없는 사람도 아니었고요."

레드윙스를 담당하기 전에 그가 담당했던 그룹은 총 세 개.

그중 두 개는 실패해서 날아갔지만, 레드윙스 전에 있던 보이 그룹은 성공했으며 지금까지 활동 중이다.

"더군다나 레드윙스는 그가 처음으로 기획한 애들입니다. 즉, 처음부터 끝까지 자신이 만든 애들이라는 거죠."

처음에는 로드 매니저로 시작해서 승진을 거쳐 드디어 자신이 원하는 대로 팀을 구성하고 자신이 영업을 해서 띄울 수 있게 되었다.

"매니저 입장에서는 자식 같은 애들입니다. 그런데 단순히 '매니저가 남자니까 사건의 주범일 것이다.'라고 판단하면 안 되는데 말이죠."

더군다나 레드윙스가 실패하거나 망해 가는 곳이라면 성질이 나서라도 그럴 수 있겠지만, 그 당시 레드윙스는 신인치고는 상당히 좋은 실적을 보이고 있었으며 성공을 눈앞에 두고 있다고 봐도 과언이 아니었다.

"그런데 매니저가 성욕에 눈이 멀어서 멤버 다섯 명을 제압하고 범죄를 저지른다고요? 그것도 자기 인생을 통째로 증발시키면서?"

고연미도 터무니가 없다는 듯 말했다.

"저도 그분 기억이 나요. 절대 그런 타입으로 안 보였어요. 레드윙스 멤버들과도 격 없이 친한 것 같았고. 거기에다 오래 활동을 해서 그런지, 우리 매니저도 형님 하면서 고개 숙이던데요."

김성식은 혀를 끌끌 찼다.

"경찰 입장에서는 어떻게 해서든 실적을 보여야 하니까. 그리고 죄를 뒤집어씌워도 저항 못 할 사람이 누가 있겠나?"

"이딴 식으로 구니까 사건이 미결로 남는 겁니다."

노형진은 한심하다는 듯 말했다.

수사는 진실을 밝히는 과정이지, 범인을 만드는 과정이 아니다.

그런데 경찰은 사건이 해결되지 않자 애매한 발언으로 범인을 만들려고 시도했던 것.

"매니저 가족들은 심각한 피해를 입었겠군요."

"그랬지."

김성식은 고개를 끄덕거렸다.

그도 기억한다.

자신의 남편은 아무 짓도 안 했다며, 억울하다고 울부짖던 만삭의 아내를 말이다.

"문제는, 그게 개소리이기는 하지만 아니라는 증거도 없다는 거네. 일단 경찰이 막 던지면 기자들은 그걸 열심히 퍼

나르니까. 결국 진행된 수사는 하나도 없는데 사람들의 기억에서는 그 매니저가 범인인 거지."

"전형적인 면피용 막 던지기네요."

노형진은 혀를 끌끌 차면서 서류를 넘겼다.

"CCTV 제대로 확인한 건 맞습니까?"

"맞네. 혹시나 다른 길로 갔을까 해서 갈라지는 모든 톨게이트에 있는 CCTV를 확인했어."

"이해가 안 가네요."

대구에서 서울까지 분명히 고속도로를 사용했을 것이다.

고속도로의 구조상 톨게이트를 사용하지 않으면 일반 도로로 빠질 수가 없다.

어디선가 한 번은 지났어야 했는데 아무것도 없는 것이다.

"서울 위쪽으로 간 거 아닐까요?"

"그래도 중간에 계속 톨게이트가 있네. 카메라에 전혀 찍히지 않고 도로에서 사라지는 건 불가능해."

"그러면 국도로 갔을 가능성은요?"

"글쎄…… 그럴 가능성이 높지는 않네만…… 그랬다면 여러 가지 문제가 생기지."

일직선인 고속도로와 다르게 국도는 갈라지는 길과 CCTV가 없는 곳이 상당히 많다.

그렇다 보니 경찰이 그 도로를 다 감시할 수는 없다.

"하지만 확실히 행사가 끝난 시간을 생각하면 고속도로를 사용하는 게 타당한 판단이죠."

대구에서 행사가 있었던 시간이 밤 10시 30분.

공연 시간을 30분으로 잡는다고 하면 끝나는 시간은 11시.

"마지막으로 확인된 것이 12시 30분. 그 전의 행적을 보면, 행사가 끝나고 근처에서 늦은 저녁을 먹었다라……."

노형진은 화이트보드에 타임 라인을 슥슥 그리기 시작했다.

"서울에서 6시에 방송이 끝났고, 대구 행사는 10시 30분. 엄청나게 과속을 해서 부산으로 가야 했고, 실제로 회사로 두 장의 딱지가 날아왔죠? 그러면 이쪽은 문제가 없어요. 그리고 이후에 있던 행사는 잘 끝났고, 행사장 근처 식당에서 늦은 저녁 식사를 했다. 그건 해당 업주가 멤버들에게 받아둔 사인으로 확인."

타임 라인이 그려질수록 그들의 움직임은 더더욱 뚜렷하게 나오기 시작했다.

"그리고 최종적으로 확인된 것은 12시 30분. 그런데 이상하네요. 왜 바로 톨게이트로 나가지 않고 국도 방향으로 가고 있었지요?"

노형진은 고개를 갸웃했다.

마지막 확인된 곳은 다름 아닌 국도다.

그런데 톨게이트는 반대쪽이다.

"밤 12시 30분이라면 그다지 막힐 시간도 아니니 정체를 피해서 국도로 갔다고 보기에도 애매한데."

"그건 이쪽에 나와 있어요. 해당 지역 톨게이트에서 유조차 전복 사고가 났어요."

"아⋯⋯."

고속도로로 들어가는 곳에서 벌어진 유조차 전복 사고.

그 사건으로 인해 도로가 온통 기름 범벅이 되었고, 화재 위험 때문에 해당 도로의 출입이 통제되었다고 다른 보고서에 적혀 있었다.

"그러니까 반대쪽으로 간 거네요. 올라가려다가 막혔으니 다른 길을 찾기 위해서."

노형진은 그렇게 말하면서 탁자를 탁탁 두들겼다.

"그리고 실종. 다음 톨게이트에서 나타나지 않았다라⋯⋯."

그 주변을 이 잡듯이 뒤졌어도 남은 건 아무것도 없는 상황.

"이해가 안 가네요, 그다음 톨게이트에서 나타나지 않았다는 게."

"다른 정치적 싸움이 끼어들 여지가 있는 걸까요?"

이 당시 여성을, 특히 떠오르는 아이돌을 성 상납의 대상으로 삼는 놈들은 넘치고도 넘쳤다.

심지어 지금도 계속 그런 시도를 하는 놈들이 넘쳐 나는데 이때는 노형진이 엔터테인먼트협회를 만들기 전이다.

"강제 납치하다가 뭐가 잘못되었다?"

"그랬을 가능성도 있죠. 어떻게 생각하십니까, 김 변호사님?"

김성식은 고개를 흔들었다.

"한 명이면 모를까, 다섯 명을? 그것도 살해까지 불사하면서? 그건 아닐 거라 생각하네. 물론 그런 막장인 놈들은 많지만 말이지, 이 다섯을 그런 식으로 죽이면 일이 얼마나 커지겠나?"

"납치 강간이 목적일 수도 있지 않습니까?"

"그건 그렇지만…… 과연 그 정도로 이 아이들을 절박하게 원하는 사람들이 있을까 싶네만. 이런 말 하긴 그렇지만, 그런 사람들은 이 아이들이 아니더라도 원하면 여자를 품는 데 문제가 없네."

"그건 그렇지요."

"그리고 그 정도까지 했다면 거의 집착이라고 봐야 하는데, 그것에 대해 악착같이 뒤졌거든. 그런데 나온 게 없어."

집착은 어떤 식으로든 표시가 나는 법이다.

힘이 있는 자라면 어떤 식으로든 여자애들을 데리고 오라는 식의 발언을 했을 테고, 그 발언을 한 사람에 대해 조사하는 것은 당연한 과정이었다.

"하지만 여기에는 그 기록이 없는데요."

고연미가 고개를 갸웃하자 김성식이 피식 웃었다.

"있겠나? 동네 아저씨가 데리고 오라고 한 것도 아닐 텐데."

"아……."

"오프더레코드지. 그 당시 조사를 담당했던 검사에게 물어봤다네."

그 당시 정치인이나 종교인, 심지어 기업인까지, 실제로

레드윙스를 만나 보기를 원했던 소위 잘나가는 사회 지도층
이 있었던 것은 사실이다.

그리고 레드윙스의 소속사 사장은 그걸 칼같이 거절하는
사람으로 유명했다.

"그 녀석도 납치 강간 부분을 생각했네. 하지만 대부분이
그럴 이유가 없더군."

"감춘 게 아니고요?"

"그랬을 수도 있겠지. 하지만 자네 같으면 여자 하나 품겠
다고 다섯 사람을 납치 · 강간 · 살해하겠는가?"

"살해라……."

하긴, 지금 같은 상황이면 살아 있다고 보는 것은 무리다.

"실제로 경찰도 그런 부분을 의심하고 비공식적으로 그들
을 악착같이 팠네. 그 당시에 여러 사람들이 갑자기 처벌받
은 거 기억나나?"

"기억납니다. 몇 달 뒤에 기업인이랑 정치인 몇몇이 처벌
받았지요."

"엉뚱한 수확인 거지."

레드윙스 사건을 파기 위해 조사하던 중 엉뚱한 죄가 나와
서 그들을 처벌한 것.

하지만 정작 그들은 레드윙스의 실종과 아무런 관련이 없
었다.

"그러면 스토커 쪽은 어떻습니까? 스토커들 중에서 극단

적인 놈들이 있지 않습니까?"

거기에다 연예인들에게는 어떻게 보면 숙명이라고 해야 할 정도로 한 번은 거쳐야 하는 통과의례 같은 일이다.

심지어 어떤 스토커는 돌아가면서 연예인 스토커 짓을 하기도 한다.

"싱글 2집 활동을 할 정도의 인기라면 스토커 한두 명쯤 있었을 것 같은데요."

"한 명이 그들을 다 제압한다고? 아니야, 그건 무리일세. 자기들끼리 뭉치기라도 했다면 모를까."

"뭉치지는 않았을 겁니다."

스토커는 일반적으로 대상에 대한 집착적이고 정신병적인 소유욕을 가진다.

그런 자가 다른 스토커와 공모하여 대상을 납치한다는 건 논리적으로 말이 안 된다.

이성과 말만 해도 눈이 뒤집어지는데, 그걸 다른 누군가와 나눈다?

그게 가능하면 스토커일 리 없다.

"하지만 상당수의 경우 남자들을 제압하면 여자들은 주눅이 들어서 저항하지 못하는 경우가 많습니다. 남자 하나 제압하는 건 어렵지 않지요. 설사 범인이 아니라고 해도, 스토커는 대상의 일거수일투족을 감시하려고 하니까 뭔가를 봤을 수도 있지 않습니까?"

공격하려고 하면 방법은 많다.

뒤에서 몰래 후려칠 수도 있고, 가스총을 쏠 수도 있으며, 인터넷에서 파는 페퍼 스프레이 하나만 제대로 뿌려도 무력화된다.

반대로 멤버 중 한 명을 인질로 삼아 버리면 매니저 입장에서는 저항하기 힘들고.

"그럴 가능성도 조사해 봤네. 사실 가장 먼저 한 조사지. 하지만 그럴 만한 스토커는 두 명뿐인데, 한 명은 차가 없어서 이동 중인 레드윙스를 추적하는 게 불가능했어."

"다른 한 명은요?"

"대구 공연이 끝난 후에 따라오다가 경찰에게 잡혔네. 서두르다가 사거리에서 접촉 사고를 냈거든. 그럼에도 불구하고 따라가려다가, 뺑소니로 신고가 들어가서 추격전까지 벌어졌다더군."

"음……."

"자네가 생각하는 그것도 경찰의 사고방식과 비슷하다고 보네. 나쁜 놈들이 많기는 하지만 여섯 건의 납치 살해는 이야기가 전혀 다르지 않나? 거기에다 스토커라는 건 보통 한 명에 대한 집착이지 여섯 명 전부에 대한 집착은 아니야. 거기에다 매니저는 남자야. 스토커가 왜 남자인 그를 노리겠나?"

"그건 그러네요."

그리고 그런 인간이라면 한꺼번에 납치하지는 않을 것이다.

자신이 노리는 딱 한 명만 노릴 것이다.

"걸 그룹과 매니저까지 통째로 사라진 사건? 그건 불가능하지."

"으음."

결국 누군가 권력자나 기업인이 끼어들었을 가능성은 낮다. 아니, 제로라고 봐도 무방하다.

그리고 스토커 역시 가능성은 낮고.

'이러면 곤란한데.'

노형진이 아무리 뛰어나다고 해도, 뭐라도 있어야 사이코메트리가 가능하다.

하지만 지금은 아무것도 없다.

이래서는 사건 추적 자체가 불가능하다.

"일단은 제가 그곳을 가 보는 게 좋겠네요."

"일단은?"

"네. 동선을 보면서 그들의 움직임을 짜 봐야겠습니다."

노형진은 길게 한숨을 쉬며 말했다.

"고 변호사님도 가셔야지요."

"우우우……."

"아, 그리고 한 명 더 갈 겁니다."

"한 명 더요?"

"네. 띄워야 할 사람이 더 있거든요."

"야…… 대구까지 왔으면 납작만두! 납작만두 좀 먹어야지! 거기에 막걸리 한 사발 먹어야 딱 입가심 안 되겠냐?"

"닥쳐!"

노형진은 오광훈에게 으름장을 놨고, 휘둥그레진 눈으로 오광훈을 바라보던 고연미가 옆에서 작게 물었다.

"저기…… 노 변호사님, 저분…… 검사님 맞아요?"

"맞아요."

"네? 아니, 그런데 좀, 그러니까……."

"압니다. 무식해 보이죠?"

노형진이 대놓고 말하자 고연미는 깜짝 놀라서 목소리를 더 낮췄다.

"그 정도는 아니고요, 좀 호탕해 보인달까?"

"아니, 저건 무식한 거 맞아요. 호탕은 개뿔. 저 새끼 밴댕이 소갈딱지입니다."

"내가 뭐라고?"

"너 밴댕이 소갈딱지라고."

"그게 뭔데?"

"하아, 보셨죠? 무식한 거 맞습니다."

노형진의 말에 고연미는 묘한 표정이 되었다.

검사 한 명이 동행할 거라 했다.

그리고 검사가 왔을 때, 진짜 순간적으로 혹했다.

딱 10분만.

생기기는 엄청나게 잘생겼는데, 입을 여는 순간부터 무식이 막 흘러넘쳤으니까.

"다른 타입하고는 좀 많이 다릅니다, 제가. 으하하하!"

"아…… 네……."

물론 사람 성격이라는 게 다 다르기는 하다.

분명히 검사 중에도 공격적이고 호탕한 성격이 있기는 하다.

하지만 그래도, 기본적으로 그들은 검사라는 인텔리다.

즉, 똑똑한 호탕함인데, 저 사람은 아무리 봐도 근본이 없는 무식이다.

"왜 저런 사람을 선택하신 거예요? 다른 검사들도 많잖아요. 스타 검사로는 영 안 어울리는 것 같은데요."

"그냥…… 인연이 좀 있습니다."

차마 실적 안 주면 잘리는 게 당연한지라 어쩔 수 없이 골랐다고는 말할 수가 없었다.

'저거 부려 먹으려면 검찰 내부에 박아 놔야지.'

그리고 이번 아이디어를 만들게 도와준, 아니 속을 뒤집어 준 것이 바로 오광훈 아닌가?

더군다나 다른 검사들과 다르게 아는 게 없어서, 도와 달라고 하면 넙죽넙죽 잘 도와준다.

"아니면 빵이라도. 나 배고파."

검사라는 놈이 일하러 와서 배고프다고 징징거리는 걸 보면서 노형진은 한숨만 나왔다.

"좀 있다가 먹자, 이 새끼야."

"헐, 새끼."

거칠게 말하는 노형진을 보고 놀라는 고연미.

아마 지금까지 본 적이 없는 새로운 모습일 것이다.

"그나저나 그 사건, 나도 기록을 보기는 했는데 전혀 모르겠던데."

"네가 아는 건 있냐?"

"미린다원칙!"

"미란다라고! 미린다는 음료수고!"

"어? 그거 미린다 아니었어? 미란다였어?"

"눈깔은 폼이냐? 한글 못 읽어?"

티격태격하는 두 사람.

그러자 그들을 보며 자신도 모르게 큭큭거리면서 웃는 고연미.

"왜 그러십니까?"

"아니, 노 변호사님이 의외로 이런 상황에 약하다 싶어서요."

"약하다고요?"

"네. 상대방이 악의 없는 무식을 뽐낼 때는 방어를 잘 못하시네요."

"끄응……."

노형진은 신음을 내면서 애써 시선을 돌렸다.

원하는 장소에 도착했으니 이제는 일해야 할 시간이다.

"이곳이 마지막으로 찍힌 곳이라 이거죠."

마지막으로 카메라에 찍힌 곳.

노형진은 시선을 돌려 주변을 살폈다.

"왼쪽으로 가면 톨게이트입니다. 그런데 마지막으로 찍힌 사진에 보면 차는 오른쪽 차선으로 붙어 있어요. 즉, 톨게이트로 가지 않았다는 거죠. 왜일까요?"

노형진은 마지막으로 찍힌 사진을 보면 고개를 갸웃했다.

"그러니까요. 이해가 안 가요."

거기서부터 일이 틀어지기 시작한 것이다.

조금만 가면 톨게이트가 있다.

그런데 레드윙스는 직진을 선택했다.

"내가 한번 볼까?"

"보면 아냐?"

"아니."

"근데 왜?"

"그래도 검사잖아. 영상은 찍어야지."

뒤에서 돌아가는 카메라를 향해 미소 지어 보이는 오광훈을 떨떠름하게 바라보다가 서류를 넘기는 노형진.

옆에서 오광훈이 진중한 얼굴로 지도를 살폈다.

그런 오광훈에게 노형진은 한마디를 건넸다.

"지도 거꾸로 들었다."

"아……."

"호호호호."

"끄응……."

노형진은 신음을 내면서 갈림길에서 한참을 서 있었다.

제법 많은 차들이 다니는 갈림길.

하지만 대부분의 차들은 왼쪽으로 빠지지, 오른쪽으로 빠지는 차량은 거의 없었다.

"이 앞에는 뭐가 있지?"

"어디 보자…… 작은 동네 몇 개 있는 것뿐이네. 혹시 멤버들의 고향이 그쪽이거나 그런 거 아냐? 그러면 잠깐 들렀을 수도 있잖아."

"애석하게도 아니야."

이미 멤버들의 고향도 확인했다.

그들의 고향은 전혀 다른 곳이고, 이 앞으로 갈 이유가 없다.

"동네를 가로지를 이유가 없는데 말이지."

"그러게요."

아무리 생각해도 방법이 없는 그때, 오광훈이 시큰둥하게 말했다.

"다른 톨게이트로 간 거 아냐?"

"다른 톨게이트? 그럴 리 없지. 여기서 1킬로미터만 들어가면 톨게이트야. 그런데 다른 톨게이트는 27킬로미터나 더

가야 한다고. 그런데 누가 거기까지 가?"

"아…… 그런가? 뭐 그럴 수도 있지 뭘 그렇게 구박을 해?"

"아, 진짜……."

노형진이 오광훈과 티격태격하는 그때 고연미가 문득 뭔가 생각난 듯 말했다.

"잠깐만요. 다른 톨게이트요? 다른 곳도 있다고요?"

"있네요, 여기."

직진하면 분명 다른 톨게이트가 지도상에 나온다.

하지만 그쪽으로 가려면 시골길을 제법 달려야 한다.

"그쪽을 타려고 한 거 아닐까요? 그렇게 가다가 일이 터진 거고?"

"그럴 리가요. 그럴 필요가 있을까요? 그렇게 빙 돌아서 가면 시간만 더 걸리는……."

별생각 없이 부정하던 노형진의 머릿속이 문득 하얗게 변해 갔다.

지금껏 놓치고 있었던 부분이 생각난 것이다.

"톨게이트는…… 다 다르지요."

"네?"

"잠시만요. 확인해 볼 게 있습니다."

노형진은 서둘러서 인터넷을 열어서 뭔가를 확인했다.

그리고 자신들이 타고 온 차량으로 다가가서 그 뭔가를 내비에 찍어 보고 눈을 찌푸렸다.

몇 가지를 확인한 노형진은 깊은 한숨을 쉬었다.

"그런 거였나."

"네? 그런 거라니요? 이유를 알아냈나요?"

"네…… 우리가 실수했네요. 톨게이트라는 존재만 신경 썼지 그 사이즈는 신경 쓰지 않았어요."

"네?"

"이걸 보시죠."

노형진은 사진을 펼쳐서 톨게이트의 로드 뷰를 불러왔다.

"우리는 나갈 수 있다만 생각했죠. 하지만 들어오는 건 생각하지 못했습니다."

"들어오는 거요?"

"네. 톨게이트는 보통 넓지요. 하지만 그 후에는 다시 좁아집니다. 문제는 여기서 발생합니다."

유조차 전복 사고가 나서 폐쇄되어 버린 메인 톨게이트.

로드 뷰로 봤을 때 그곳은 왕복 16차선쯤 되는 공간이었다.

"대구로 가는 메인 도로니까 이렇게 넓습니다. 하지만 이 도로는 아니죠."

노형진은 1킬로미터 떨어진 곳에 있는 톨게이트를 로드 뷰로 불러왔다.

"차선이 네 개뿐?"

"메인 도로가 아니니까요."

대구 옆으로 빠지는 작은 톨게이트.

그곳이 바로 이곳이었다.

당연히 평소에는 출입량이 그다지 많지 않을 것이다.

"통로가 확실하게 좁아집니다. 거기에다가 거기까지 가는 길도 문제지요."

메인 톨게이트는 일방만 8차선인 데 반해 이쪽은 양방 다 해도 4차선밖에 되지 않는다.

"사고 소식을 듣고 나오는 차들이 어마어마했을 겁니다. 거기에다 이 앞에는 신호등이 있고요. 사고가 난 쪽은 차들을 통행시킬 수 없으니, 그 앞까지 갔던 차들을 모조리 이쪽으로 다시 돌렸을 테고."

"아!"

이곳은 어마어마한 정체가 발생했을 것이다.

단순히 10분, 20분 정도의 정체가 아니라, 톨게이트에서 나가는 데에만 시간 단위로 정체가 발생했을 가능성이 높다.

"그러면 아까 차에는 왜 가 보신 거예요?"

"내비를 찍어 봤습니다, 어디로 안내하나."

당연히 내비는 이곳으로 안내했고, 대부분의 사람들이 내비를 보고 다니는 현대이니 그들은 내비를 따라 이곳으로 몰렸을 것이다.

"매니저는 상황을 알아챈 거죠."

이곳으로 빠져나가면 답이 없다는 것을.

"그리고 그는 로드 생활을 오래 한 전문 매니저입니다. 아마도 이 앞에 다른 톨게이트가 있다는 사실을 알았을 겁니다."

매니저 중 가장 하급이 바로 로드 매니저다.

로드Road 매니저.

그렇게 불리는 이유는 주요 업무가 운전이기 때문이다.

"그 전에 세 개나 되는 그룹을 담당해서 전국을 다녔으니 길을 잘 알 테고."

"정체를 피하려고 했겠네요."

길이 거칠기는 하지만 27킬로미터만 가면 사람들이 잘 안 쓰는 새로운 톨게이트가 있다.

그리고 그 정도는 20분이면 간다.

어차피 고속도로에 올라가서 달리는 방향과 같으니 손해는 5분 정도.

"그래서 이쪽으로 향한 거군요."

내비게이션과 사람들의 군중심리가 쏠리면서 만들어 낸 정체.

그리고 그걸 피한 매니저.

"그러면 남은 건……."

노형진은 앞쪽에 있는 좁은 도로를 바라보았다.

"이 안에서 무슨 일이 벌어졌는지를 알아내는 것이군요."

아무것도 없다. 하지만 무언가 있다

"아무것도 없는데?"

몇 번이나 그 길을 왕복했다.

하지만 특이 사항은 없었다.

"당연한 거 아냐? 벌써 몇 년 전 사건이야. 증거가 남아 있을 리 없지."

노형진은 짜증이 잔뜩 담긴 목소리로 말했다.

'염병할.'

몇몇 의심스러운 곳에서 사이코메트리 능력을 사용해 봤지만 역시나 알아낼 수 있는 것은 없었다.

"다른 곳으로 빠져나갔을 가능성은?"

"전혀 없어."

그 사이에 몇 개의 작은 마을이 있었다.

하지만 그쪽으로 갈 이유가 없다.

설사 갔다고 해도, 그런 작은 마을에서 일이 터졌다면 온 동네 사람들이 다 알아야 한다.

"확인해 봤어요. 하지만 몇 년 동안 그런 대형 사고는 난 적이 없대요."

"역시나 그렇군요."

고연미는 노형진을 대신해서 마을을 뒤지고 다녔다.

일단 외부적으로 그녀가 드러나야 하니까.

하지만 역시나 관련 증거는 나오지 않았다.

"저 지역은 CCTV를 확인하지 않았죠?"

"이쪽 방향으로 온 것조차도 몰랐는데 확인했을 리 없죠. 그때 영상이 지금까지 있을 리도 없고."

더군다나 작은 동네라 CCTV가 없는 곳이 많다.

"이곳에서 과연 무슨 일이 벌어진 걸까요?"

어째서 이쪽으로 왔는지는 알아냈다.

하지만 무슨 일이 벌어졌는지는 알아낼 수가 없었다.

"오는 길에 CCTV도 없고."

심지어 과속 방지 카메라 하나도 없다.

"미래의 재개발을 위해 미리 만들어 둔 톨게이트라는 건데……."

"이대로 국도 타고 쭉 올라간 거 아닐까요?"

"그럴 수도 있을까요? 이쪽으로도 사람이 몰린 걸까요?"

이곳으로 얼마나 많은 사람이 왔는지 알 수는 없다.

그렇다면 다음 톨게이트로 넘어가려고 한 걸까?

"아니에요. 그럴 가능성은 낮아요."

다음 톨게이트는 더 멀다.

더군다나 서울 방향도 아니다.

즉, 빙 돌게 되는 셈이다.

거의 100킬로미터를 더 돌게 되는 셈인데, 그러면 시간을 너무 까먹는다.

"내가 매니저라면 말이에요. 어서 가서 아이들을 쉬게 해주고 싶을 거예요. 금이야 옥이야 내가 키우는 애들이니까. 거기에다 스케줄을 보면 말이죠. 그다음 날도 행사가 있어요. 고 변호사님, 어떻게 생각하세요, 이 스케줄?"

고연미는 이미 그걸 봤기 때문에 어렵지 않게 대답했다.

"만일 그 스케줄대로 움직여야 한다면 아무리 못해도 6시경에는 일어나야 해요. 연예인이 딸랑 가서 노래만 부르면 되는 게 아니거든요. 머리하고 화장하고 다 준비하고 움직여야하는데, 시간을 맞추는 게 쉽지 않지요. 더군다나 이거, 큰 행사예요. 선배 가수들도 많이 오는 행사인데, 이런 경우 신인은 미리 가서 기다리고 있다가 인사를 드리는 게 예의예요."

고연미는 아이돌 때의 경험을 더듬으며 간략하게 말했다.

"그런 걸 생각하면 아침 6시도 이른 시간은 아니고요."

"그렇다면 아예 그쪽에서 자는 건 안 되나? 아니, 호텔이 넘치는데 뭐가 문제인지."

세상모르는 오광훈의 말에 고연미는 한숨을 푹 쉬었다.

"그러면 얼마나 좋겠어요. 하지만 아이돌 머리가 그렇게 쉽게 나오는 게 아니에요."

익숙한 사람도 한 시간씩 잡고 있어야 하는 게 아이돌 머리다.

머리뿐만 아니라 화장도 해야 하는데, 그걸 능숙하게 하는 게 쉽지 않다.

더군다나 아이돌은 같은 콘셉트를 유지해야 하는데, 동네 미용실에 가서 '아이돌 머리 해 주세요.'라고 한다고 해도 그 사람이 해 줄 수 있을 리 없다.

"어디서든 그렇게 쉽게 할 수 있으면 코디가 왜 필요하고 헤어 디자이너가 왜 필요하겠어요."

결국 평소의 모습을 유지하기 위해서라도 아이돌은 원래 가던 곳으로 가야 한다.

"그래서 아이돌들이 지방으로 갔다가도 기를 쓰고 다시 올라오는 거예요. 사실 오늘은 부산, 내일은 대구, 그런 식으로 행사 있으면 맘 같아서는 근처에서 자고 싶죠. 행사 다닐 정도로 성공했으면 호텔비가 부담스럽지 않을 테니까. 하지만 그럴 수가 없으니까 다시 올라오는 거죠."

결국 매니저 역시 기를 쓰고 데리고 오려고 했다는 소리다.

"그런데 뭔 일이 터진 거지?"

노형진이 도로 가운데서 양옆을 살펴보는 그때, 저 멀리 몇 대의 차량이 달려오는 게 보였다.

"어어? 이런 미친!"

좁은 도로이기 때문에 속도제한이 있는 곳이다.

그런데 그 차들은 속도를 줄이기는커녕 무서운 기세로 내달려왔고, 노형진은 기겁을 하며 도로 옆으로 뛰어들었다.

부웅! 붕!

분명히 노형진을 봤을 게 뻔한데도 불구하고 그들은 속도를 줄이지 않고 매섭게 내달렸고, 오광훈은 그런 차들을 향해 고래고래 소리를 질렀다.

"이런 개새끼들아! 뒈지려고 작정했어! 어! 지금 검사 쉽게 보냐! 이 씹새끼들! 죽여 버린다!"

멀어지는 차량들.

그건 다름 아닌 '렉카'라 부르는 견인차들이었다.

"저거 뭐야?"

사람이 있든 없든 내달리는 그들을 보고 노형진은 어이가 없었다.

"저것들은 어디서 튀어나온 거야?"

"모르겠어요."

"이 씹새끼들, 내가 가서 족치고 만다!"

고래고래 소리를 지르는 오광훈과 당황해서 쓰러져 있는

노형진.

그리고 멀어지는 차들을 바라보는 고연미.

문득 노형진은 등에서 진땀이 흘렀다.

"어쩌면 무슨 일이 벌어진 건지 알아낸 걸지도 모르겠네요."

"네?"

"알아볼 가치는 있을 것 같습니다."

노형진은 자리를 털고 일어났다.

고연미는 그런 노형진을 보다가 저편에서 씩씩대고 있는 오광훈에게로 눈을 돌렸다.

"일단 검사가 도와주면 참 좋겠네요. 저렇게 복수한다고 고래고래 소리를 지르고 있으니."

노형진은 소리 지르는 오광훈을 바라보면서 말했다.

"그 소원, 들어줄까요?"

⚖

고속도로 사설 견인차, 소위 말하는 렉카.

그들은 위험하기로 소문이 나 있다.

"많은 사설 렉카들이 법을 안 지킵니다. 당연하다면 당연한 게, 그들은 차를 많이 끌고 갈수록 수익이 나니까요."

거리에 따라 최소 수십만 원에서 최대 수백만 원까지 그들은 돈을 받으려고 하고, 그래서 사고가 나면 일단은 달려와서 운전자나 사상자의 동의도 없이 견인 고리를 걸어 버린다.

"그리고 그건 선착순일 수밖에 없지요."

노형진은 회사로 돌아와서 사람들을 모아 두고 이야기를 하고 있었다.

"확실히 그렇지. 전에도 한번 자네, 그들과 싸운 적 있지 않나?"

"그때는 위증 문제였고요. 이번에는 사건이 좀 큽니다."

그때는 자신에게 견인을 맡기지 않았다는 이유로 위증을 한 운전사를 처벌하는 간단한 사건이었지만, 이번에는 좀 달랐다.

"아까도 말씀드렸다시피 그들은 법을 지키지 않습니다. 신호는 신경도 안 쓰고, 과속도 당연하고요."

노형진은 그렇게 말하면서 현장의 사진을 고연미와 김성식에게 건넸다.

"이 사진을 보면 아시겠지만, 이 지역은 과속방지턱이나 과속 방지 카메라도 없습니다. 그리고 구조적으로 톨게이트가 아주 가까운데도 불구하고 거의 통행량이 없는 지역이죠."

가끔 그런 곳들이 있다.

미래에 그 지역을 재개발할 가능성이 높을 때, 정부에서 고속도로를 만들면서 미리 출입구를 만들어 놓는 경우가 많다.

"이런 곳은 사설 견인차들이 활동하기 아주 좋습니다."

고속도로 입구가 바로 코앞이니까 일단 무전을 받고 무서운 속도로 튀어 나갈 수 있다.

그리고 그걸 막을 수 있는 어떠한 것도 없다.

"거기에다 이 옆에 있는 논두렁은 상당한 낙차가 있습니다. 추돌 충격으로 튕겨 나간다면 사람이 크게 다칠 수밖에 없지요."

"그러면 자네는 레드윙스가 사설 견인차와 사고가 났다고 생각하는 건가?"

"그럴 가능성이 높다고 전 생각합니다."

"흠⋯⋯."

김성식은 고민하는 표정이 되었다.

고연미 역시 그 부분에 대해서는 약간 미심쩍은 표정이었다.

"그러면 신고가 들어왔어야 하지 않아요?"

"교통사고 뺑소니를 내는 놈들은 많습니다. 그들 중 일부가 사고를 은폐하는 것은 어려운 일이 아닐 겁니다."

"하지만 어째서?"

"저야 모르죠."

뭐가 어떻게 된 건지 알 수는 없다.

하지만 중요한 것은, 사고가 발생했을 가능성이 가장 높은 것이 사설 견인차라는 점이다.

"해당 레드윙스의 차량은 검은색이었죠. 거기에다 연예인 차량이라는 특성상 선팅도 강한 편이었고요. 마지막으로 발견된 시간은 새벽. 그 말은, 컴컴한 밤이라서 그 차를 발견하지 못했을 가능성이 높다는 의미이기도 합니다."

"확실히 그랬을 수도 있겠군. 하지만 그 장소에 견인차들이 얼마나 있는지도 모르고, 그 당시에 어떤 차가 있었는지도 모르지 않나?"

"그 부분에 대해 검찰의 도움을 요청했습니다."

"도움?"

"네. 비공식적으로 우리는 검사들과 같이 일하지 않습니까?"

"그건 그렇지."

"그들을 통해 훨씬 쉽게 정보에 접근할 수 있습니다."

노형진은 이미 오광훈을 통해 관련 정보에 접근할 수 있었다.

만일 새론의 정보 팀을 이용했다면 시간이 오래 걸렸을 테지만 검사라는 이름은 생각보다 강력했다.

"그런데 무슨 기록요? 아무 기록도 없어서 우리가 이렇게 고생하는 거 아니에요?"

고연미의 말에 노형진은 제법 두툼한 서류를 내밀었다.

"일단 그 지역에 있는 사설 견인차 회사의 이름부터 알아냈습니다."

오광훈은 노형진의 부탁대로 그 지역에 있는 사설 견인차 회사들을 확인했다. 사설 견인차들이 많지는 않으니 그걸 정리하는 것은 어렵지 않았다.

"그리고 그 당시에 차량 변동이 있었던 회사를 조사했습니다."

"차량 변동요?"

"사고가 났다면 차를 고치거나 폐차해야 하니까요. 고치
는 건 우리가 알 수 없지만, 폐차는 알아낼 수 있지요."

"그래서 찾았나?"

"애석하게도 아닙니다. 못 찾았습니다."

폐차를 했다면 기록이 남았어야 한다.

그러나 애석하게도 폐차했다는 기록은 없었다.

그러면 둘 중 하나다.

고쳐서 쓰고 있든가, 아니면 폐차 신고를 하지 않았든가.

"그러면 찾는 건 요원하군. 일일이 다 찾아다니면서 뒤질
수는 없는 노릇이고."

"저도 그렇게 생각했습니다. 하지만, 차는 감출 수 있어도
사람은 감출 수가 없지요."

"사람은 감출 수가 없다?"

"네."

사람이 다치면 그건 감출 수가 없다.

물론 지금처럼 완전히 사라지면 모르지만 말이다.

"일이 벌어졌다면, 그 일을 저지른 당사자가 과연 그만두
지 않았을까요? 설사 그만두지는 않았다고 해도, 진료도 받
지 않았을까요?"

"교통사고를 가정하고 들어간단 말인가?"

"네. 그거 말고는 이유가 없어 보입니다."

노형진은 요전 날 무서운 속도로 그를 스치고 지나가는 사

설 견인차를 봤다.

그 속도면 어마어마한 충돌이 벌어질 수도 있다.

"그래서 그 시기쯤에 입원한 사람을 찾아 달라고 했습니다. 일단 사고가 났다면 입원해야 했을 테니까요."

"확실히 그런 거면 우리 정보 팀의 힘으로는 부족하지."

병원을 각자 뚫어서 입원 환자의 정보를 캐내야 하는데, 그건 시간이 오래 걸린다.

"하지만 대부분의 경우 검찰이라고 하면 어지간하면 정보를 주는 편이죠."

"그래서 얻은 정보가 있나?"

"네, 하나 있습니다. 그 당시에 교통사고가 나서 입원한 것으로 되어 있습니다."

"입원?"

"정확하게는 혼수상태입니다."

지금까지 알아낸 것은 그것뿐이다. 단순히 전화를 해서 알아낸 것이기 때문에 관련 정보는 전혀 없다.

"그쪽을 파 보면 뭐든 나올 거라 생각합니다."

노형진은 자신 있게 말했다.

"홍주석이라고 합니다."

특정이 안 되어 있다면 모르겠지만 특정이 되었다면 그에 대해 알아내는 것은 어려운 일이 아니었다.

며칠 후 고문학은 그 사고 당사자에 대해 알아냈다.

"나이는 33세이고, 현재는 혼수상태입니다. 언제 깨어날지는 알 수가 없고요. 그리고 말씀하신 대로, 기록에 따르면 팔광렉카라는 곳에 속해 있었습니다."

"팔광렉카라면 그 지역에 있던 사설 렉카 업체 맞지요?"

고연미는 뭔가 생각난 듯 고문학에게 물었다.

분명히 기록에 있었던 업체다.

그 이름도 봤고 말이다.

"네, 맞습니다."

고문학은 고개를 끄덕거렸다.

그 지역에서 제법 큰 규모로 소문이 나 있는 곳이었다.

"그런데 재미있는 게 있습니다."

"재미있는 것?"

"노 변호사님 말대로 확인해 봤는데, 팔광렉카에 보험 청구 기록이나 폐차 기록, 수리 기록이 없었습니다."

"그게 무슨 말인가?"

김성식은 고개를 갸웃했다.

그거랑 사고랑 무슨 관계가 있단 말인가?

하지만 노형진의 생각은 좀 달랐다.

그래서 고문학에게 확인을 부탁한 것이고.

"홍주석이 이른 아침에 병원으로 실려 왔습니다. 입원 시간을 보면 오전 7시경입니다. 그런데 그 시간에 그런 대형 교통사고가 접수된 게 없답니다. 오광훈 검사에게 확인해 봤습니다."

모두의 얼굴이 딱딱해졌다.

사고로 인해 실려 온 사람.

사람이 혼수상태에 빠질 정도로 심각한 사고다.

그런데 접수된 사건이 없다?

"더군다나 그 지역은 대중교통이 잘되어 있지 않습니다. 그 시간에 다니는 버스가 없더군요. 그 지역이 택시가 많이 다니는 곳도 아니고요. 그리고 홍주석의 차는 멀쩡했습니다."

그러면 과연 그는 무슨 사고를 당한 것일까?

아니, 생각해 보면 당연한 거다.

"고 팀장님."

"아, 네. 여기 있습니다."

고문학은 사진 한 장을 꺼내서 내밀었다.

그 안에는 총 네 대의 차량이 찍혀 있었다.

"이게 뭔가? 견인차들?"

"팔광렉카에는 총 다섯 대의 견인차가 등록되어 있습니다. 고 팀장님한테 부탁해서 해당 차량을 추적해 달라고 했지요."

아무리 그들이 사고를 기다린다고 해서 스물네 시간 삼백

육십오 일 길바닥에서 시간을 보낼 수는 없다.

　결국 그들은 차를 차고지로 가지고 왔고, 정보 팀은 근처에 숨어 있다가 들어오는 차들을 확인했다.

　"그런데 이상하게 9873번 차량이 없더군요."

　차량 등록부에 표시된 차량 중 한 대가 없다는 것.

　"그게 사고 차량이라 생각하시는 거군요."

　"네. 경찰이야 이쪽으로 갔다는 것을 전혀 생각하지 못했으니까요."

　물론 근처 병원을 찾아다니기는 했을 것이다.

　하지만 그들이 찾은 것은 레드윙스의 멤버들이었지, 멤버들과 사고가 난 당사자가 아니었다.

　당연히 레드윙스가 없으니 그냥 넘어간 것이다.

　"그 사건에 대해 아는 사람은 없고?"

　"아마도 그 대표는 알 겁니다. 다섯 대 중 한 대가 사라졌는데 사장이 모를 리 없지요."

　"흠."

　"일단은 그 피해 가족들을 만나 볼까 생각 중입니다."

　"레드윙스의?"

　노형진은 고개를 흔들었다.

　이미 만나 봤지만 그들은 아는 게 없다.

　오죽하면 미결 사건을 자신들이 다시 조사하겠다고 하자 노형진의 두 손을 잡고 고맙다고 눈물을 흘렸다.

"홍주석의 가족들을 만나 볼 겁니다."

그들이라면 뭐든 알고 있을 거라 생각했기 때문이다.

⚖️

"홍주석 씨가 어떻게 된 건지 아십니까?"

노형진은 홍주석의 가족들에게 물었다.

답변은 생각보다 간단했다.

"우리 주석이가 길에 버려 있었다고 하더군요."

담배를 피우면서 말하는 홍주석의 아버지.

그는 길게 허공으로 담배 연기를 날렸다.

"길에요?"

"네. 발견한 사람 말로는 그래요."

차를 타고 가던 사람이 우연히 길가에 피를 흘리면서 쓰러진 홍주석을 발견하고 구급차를 부른 시간이 새벽 6시 30분.

출근하던 사람이 아니었으면 홍주석은 거기서 죽었을 것이다.

"혹시 그 사람이 사고 당사자가 아니고요?"

"그 사람 차에 블랙박스가 있더군요."

사고를 낸 당사자가 발견자인 척하는 경우가 제법 있기 때문에 경찰은 당연히 그 블랙박스를 확인했는데, 실제로 그 차는 홍주석을 발견하기 전까지 멀쩡하게 운행하고 있었단다.

"그리고요?"

"그게 끝입니다. 뭘 더 바랍니까?"

"회사에서는 뭐라고 하던가요?"

"출근 안 했다고 하더이다."

홍주석은 야간 근무자였기에, 회사에서 홍주석이 오지 않는다면서 새벽에 전화를 건 기록이 분명히 존재했다.

"출근을 하지 않았다고요?"

"네. 그래서 새벽에 전화를 했는데, 전화도 안 받았다고."

'그럴 리 없는데.'

노형진은 고개를 갸웃했다.

그러면 출근하면서 사고를 당했다는 건데.

'하지만 그런 것치고는 이상한데?'

물론 그 회사 자체가 사람이 드문 곳에 있기는 하다.

그래서 더 이상하다.

출근하는 사람이 자기 차도 가지고 가지 않는다는 게 말이나 된단 말인가?

대중교통이 들어가는 위치도 아닌데?

"혹시 진료 기록을 받아 갈 수 있을까요?"

"진료 기록을 말이오? 하지만 그걸 왜 당신들이⋯⋯?"

미심쩍은 얼굴로 바라보는 홍주석의 아버지.

노형진은 그런 그를 설득하기 위해 살짝 거짓말을 했다.

"저희는 새론이라는 법무 법인입니다. 기획 소송을 전문

적으로 하는 곳인데, 사건을 분석해서 그게 소송거리가 된다
면 의뢰를 받아서 소송을 합니다."

"내 들어는 봤소만."

"그러면 이해가 빠르시겠네요. 저희가 일단 사건을 좀 분
석하고 알아본 다음에, 사건이 사실과 다르면 소송을 하는
게 어떨까요?"

"휴우."

홍주석의 아버지는 고개를 끄덕거렸다.

안 그래도 병원비 때문에 죽을 맛이다.

보험을 들어 놓기는 했지만, 보험사에서는 지급을 거절했다.

당장 소송으로 들어가야 하는데 그럴 돈도 없는 상황.

"그러면 보험사랑 소송도 해 주는 거요?"

"원하신다면요."

"그러면 당장 드리리다."

돈이 달려서 선택지가 없었던 그는 노형진에게 아들의 진
료 기록을 넘겼다.

⚖️

"이건 아무리 봐도 일반 교통사고가 아닌데요?"

임진기는 엑스레이 사진을 확인하면서 고개를 갸웃했다.

그는 로스쿨을 나와서 변호사가 되고 지금은 법무 법인 하

늘을 이끌고 있지만, 원래는 의사 출신이었다.

유명한 의사는 아니었지만 그래도 어느 정도 실력을 가진 의사였다.

"일반적인 교통사고가 아니라고요? 그러면 누군가 고의로 밀어 버렸다거나 그런 건가요?"

고개를 갸웃하는 고연미.

임진기는 고개를 흔들었다.

"아니요. 그건 제가 알 수 없죠. 제가 보는 건 환자의 상태 뿐이니까."

"그러면요?"

"이 사진을 보면 골절 부위가 대각선을 이루고 있어요. 이런 골절은 교통사고에서 많이 발생해요. 특히 쇄골 부위가 파손된 걸 보면 그럴 가능성이 높지요."

"기록상에는 교통사고라고 되어 있습니다만?"

노형진은 교통사고가 맞다고 확인해 줬다.

그러자 임진기는 좀 더 자세한 설명을 했다.

"아, 제가 좀 설명을 잘못한 것 같은데, 각도가 딱 안전벨트 매고 사고가 난 거예요. 아까 말씀드렸다시피 어깨의 쇄골 부위는 딱히 부러지는 경우가 없는데 이런 식으로 부러졌다는 건, 사고 당시 안전벨트의 길이 조절이 잘못되어서 벨트가 견갑골을 지났다는 뜻이거든요."

"그 말은……?"

"상태만 봐서는, 교통사고는 맞지만 피해자가 아니라 가해자라는 거죠."

"으음……."

김성식은 침음성을 흘렸다.

가해자, 즉 홍주석이 운전자라는 소리다.

일반적인 경우 운전자가 이 정도로 다치는 일은 극히 드물다.

운전자가 이 정도로 다쳤다는 것은, 그 사고의 규모가 절대 작지 않다는 의미가 된다.

"그런 사고는 등록된 게 없다고 했죠?"

"네. 확실히 없습니다."

"확실히 은폐된 건데, 그러면."

대충 상황이 보이기 시작했다.

아마도 홍주석이 레드윙스와의 사고 당사자일 것이다.

그리고 홍주석은 살아남았고 레드윙스는 실종되었다.

"어떻게 생각해? 정황상의 증거는 이미 나온 것 같은데."

"실질적인 증거가 문제군요."

정황상의 증거로 고발을 진행할 수는 없다.

가장 의심스러운 곳은 다름 아닌 팔광렉카.

차가 한 대 사라졌는데 신고하지도 않는다.

그리고 홍주석에 대해 책임도 지지 않는다.

"하지만 그 차를 어디다 버린 거지? 차 한 대와 사람 여섯 명을 버렸는데 그들이 발견되지 않은 게 이상하잖아?"

"그건 그러네요."

심지어 사라진 견인차도 보이지 않는다.

차량 두 대가 버려졌는데 발견하지 못한다는 것은 확실히 문제가 있다.

"일단은 오광훈 검사에게 관련사건 조사를 부탁해 봐야겠습니다."

"관련사건?"

"견인차가 미친 듯이 달리는 이유는 하나뿐이지 않습니까?"

"확실히 그날 고속도에서 사고가 있었네. 삼중 추돌 사고."

'확실히 검사가 끼어 있으니 일이 빠르군.'

어찌 되었건 정보 팀이 정보를 얻는 방식은 불법이다.

하지만 검사는 그런 게 아니다 보니, 빠르고 그리고 확실하게 정보를 가지고 왔다.

'이러면 정보 팀의 부담이 덜하겠는데. 추가로 사람을 뽑을 이유도 없고.'

"뭘 생각해?"

"응? 아니야. 그런데 확실한 거야?"

"확실할걸. 나야 모르지, 그쪽에서 답변한 거니까. 선두 차량 한 대가 졸음운전을 하는 바람에 삼중 교통사고가 났대."

사진 몇 장을 건네주는 오광훈.

어느 지점인지는 모르지만, 세 대의 차량이 나란히 사고가 난 채 구석에 몰려 있는 게 보였다.

"참 빠르네."

"뭐가?"

"견인차들."

운전자가 찍은 것으로 되어 있는 현장 사진은, 경찰차나 구급차는 보이지도 않는데 견인차들만 바글바글한 상태였다.

"그 쌍놈의 새끼들은 목숨 걸고 달린다니까."

"너도 그런 생각을 하냐?"

"닝기미, 조폭은 뭐 차에 치여도 안 죽냐?"

툴툴거리는 오광훈.

노형진은 그 사진을 보면서 고개를 끄덕거렸다.

또 다른 심증이 하나 발견되었기 때문이다.

"팔광렉카의 차량이 없군."

무서운 기세로 몰려온 차량들.

그중에 팔광렉카의 차량은 없었다.

사고 지점과 그들의 대기 지점까지의 거리를 생각하면, 오지 않았다는 것은 확실히 이상한 일이다.

"그나저나 이 새끼들이 범인인 거 맞아?"

"의심하고는 있지. 다만 증거가 없을 뿐이지."

"증거라……."

"모든 게 정황증거잖아. 사고가 어디서 났는지 알 수는 없고."

"뻔한 거 아냐?"

"응?"

"교차로겠지."

"교차로?"

"눈깔 뒤집고 달리는 새끼들이지만, 앞에 달리는 차 뒤에서 들이받지는 않을 거 아냐."

"아⋯⋯."

노형진은 아차 싶었다.

의심만 했지 진짜로 그런 생각은 해 보지 않았다.

그리고 뒤에서 차를 들이받는다면 상대적으로 충격이 덜하다.

앞으로 주행 중인 경우 확 밀리기 때문이다.

설사 앞차가 정차하고 있다고 해도 차는 구조적으로 앞으로 밀려가게 되어 있다.

그래서 교통사고가 나면 가장 안전한 교통사고가 뒤에서 들이받는 것이다.

그리고 가장 위험한 교통사고는⋯⋯.

'옆에서 들이받는 거지.'

트렁크나 보닛이 없기 때문에 충격을 완화해 줄 것이 전혀 없거니와, 차량 자체가 옆으로 가는 구조가 아니라서 그 충격이 상쇄되지를 않기 때문이다.

"너 의외로 똑똑하구나."

"내가 좀 잘났지. 내가 공부 제대로 했으면 사법시험은 쉽게 패스했을 거라고."

"지금 그 말이 나오냐?"

노형진은 탁자 위에 있는 옥편을 힐끔 보면서 말했다.

"이번 주말에 한자 쪽지 시험 본다. 알았냐?"

오광훈의 얼굴이 창백해졌다.

⚖

다행히 근처에 교차로는 그다지 많지 않았다.

총 여섯 곳이 다였다.

"아무것도 없는데요?"

고연미는 교차로를 다니면서 고개를 흔들었다.

예상대로 교차로에 카메라가 없었던 것.

"이 교차로 중 하나일 거라는 건데."

"확실한 거예요?"

"아마도 확실할 겁니다. 그렇지 않으면 현 상황이 설명이 안 되거든요, 여섯 명이 한꺼번에 사라진다는 건."

"하지만 여전히 그들이 왜 사라진 건지 이해가 가지 않잖아요?"

"그건 그런데."

사고가 났다면 경찰이 출동하고 구급차가 가야 한다.

그런데 그런 기록이 없다.

"어?"

그런데 좀 떨어진 곳에서 주변을 살피던 고문학이 뭔가를 발견한 듯 손을 흔들었다.

"여기요! 뭐가 있습니다!"

"뭔데요?"

"차량의 파손 부위 같은데요?"

고문학은 그걸 들어서 노형진에게 건넸다.

보아하니 뒤쪽의 방향지시기의 일부 같았다.

"다른 건요?"

"없습니다."

"여기서 사고가 있었나 본데."

노형진은 주변을 살폈다.

"그러면 다른 흔적이 남아 있어야 할 텐데요."

부서진 파편이나 사고의 흔적.

하다못해 기름이 샌 흔적이라도 있어야 하는데 아무것도 없다.

그저 방향지시기의 부서진 파편뿐.

"이게 어떤 차종인지 알 수 있으면 좋은데."

고연미의 말에 노형진은 어렵지 않게 그 문제를 해결했다.

"우리가 찾는 차종과 같은 모델이군요."

"그걸 어떻게 아세요?"

'기억을 읽었으니까.'

애석하게도 사고 장면이 있는 기억은 아니었다.

애초에 기억이라는 것은 직접적 접촉이 있어야 남는데, 차량의 방향지시기는 직접적인 접촉이 있는 부위가 아니니까.

하지만 다행히도 그 부분을 조립할 때 조립자의 기억이 남아 있었다.

"해당 차량의 스펙을 외워 뒀습니다. 이 색이면 모양은 확실히 해당 차량 맞습니다. 사실 여섯 사람이 타고 다니는 승합차가 흔한 것도 아니고요. 몇 종류 안 되니까."

"그건 그런데……."

고연미는 잠깐 고개를 갸웃했다.

대부분의 여자들은 소위 말하는 차알못이다.

그러니 남자들이 알아본다고 해도 이상하게 생각하지 않았다.

"아무래도 이곳이 사고 장소가 맞는 것 같군요."

"문제는 과연 어디로 갔느냐네요."

"그게 문제인데……."

노형진은 곰곰이 생각하다가 한 가지를 고문학에게 확인했다.

"고 팀장님, 그들에게 렉카가 다섯 대 있다고 하셨지요?"

"네."

"그러면 이 사고 현장에서 그걸 끌고 갈 수 있겠죠?"

"그건…… 확실히 그렇겠네요. 두 차량을 끌고 갈 수는 있지요."

고개를 끄덕거리는 고문학.

"하지만 그래도 차량이 어디 갔는지 증명할 수가 없지 않습니까?"

심증만으로 뭔가를 주장할 수는 없다.

심증이 아닌 다른 뭔가가 필요했다.

"음…… 그러면 팔광렉카의 사유지 같은 곳은 어떨까요?"

"사유지요?"

"그런 곳은 차를 감춰도 누가 발견할 수 있는 곳이 아니지 않습니까?"

고문학은 고개를 끄덕거렸다.

팔광렉카만 의심했지, 그 대표의 사유지는 생각해 보지 않았다.

"바로 알아보겠습니다. 그런 곳이 있다면 아마 이 근처일 겁니다."

노형진은 고개를 끄덕거렸다.

하지만 현실은 상상보다 더 비참했다.

죄는 언젠가 드러난다

"폐차장요?"

모두의 얼굴이 딱딱하게 굳었다.

팔광렉카가 사고 현장에서 사고 차량을 끌고 갔을 거라 생각해서 그들의 사유지를 조사해 달라고 부탁했다.

그런데 생각지도 못한 공간이 나왔다.

"네. 팔광렉카의 사유지는 따로 없지만, 팔광렉카의 주인에 대한 조사를 하다가 새로운 사실이 드러났습니다. 현재 팔광렉카의 주인이 다른 사업을 하는데, 폐차장입니다."

폐차장이라는 말에 다들 어두운 표정이 되었다.

차들을 폐기 처리하는 그곳.

그곳에 차를 버리면 찾는 것은 불가능하다.

"애초에 거기에 영장을 받을 수 있는 방법이 없지 않겠나? 정황상의 증거인데."

김성식도 상당히 곤혹스러운 표정이었다.

고연미는 고개를 갸웃했다.

"아무리 그래도 이 정도 합리적 의심이면 영장이 나오지 않을까요?"

노형진은 고개를 흔들었다.

"애석하게도 폐차장의 주인이면 안 나온다고 봐야 합니다."

"어째서요?"

그 부분에 대해 설명한 것은 김성식이었다.

"폐차장은 그냥 하고 싶다고 할 수 있는 일이 아닐세. 폐기물과 관련된 사업이라 정식으로 허가를 받아야 하는데, 그 허가가 잘 안 나와. 그리고 상당히 돈이 되는 사업이기도 하고."

"그게 무슨 상관이죠?"

"그 지역에서 폐차장을 한다는 건 상당한 지역 유지라는 걸 의미하네. 당연히 지역 유지는 여기저기 선이 닿아 있는 경우가 많지."

김성식은 고민하는 얼굴이 되었다.

그리고 노형진은 고개를 끄덕거렸다.

"그러면 여러모로 지금까지 사건이 이해가 가는 부분이 많아집니다."

일단 사라진 차량들.

그리고 사고에 대해 거의 아는 게 없는 홍주석의 가족들.

교통사고임에도 불구하고 제대로 조사도 하지 않은 경찰.

"지역 유지의 파워는 생각보다 강하네."

"하지만 대구잖아요?"

"엄밀하게 말하면 대구는 아니지."

대구의 주요 도심에서 벗어난 곳.

그곳은 상당히 시골에 속한다.

그리고 그런 곳은 지역 유지의 파워가 무척이나 강한 편이다.

시골일수록 유지의 힘은 더욱 강해지며, 몇몇 시골은 지역 유지가 경찰서장을 능가하는 경우도 있다.

"만일 시체는 버리고 차는 폐차했다면……."

"우리가 추적할 수 있는 방법은 없지."

거기에다 차를 그들이 가지고 갔다는 증거도 없다.

"영장은 기본적으로 증거에 의해 나오게 되어 있습니다. 지금까지 우리가 가진 모든 증거는 정황상의 증거뿐이지요."

유일한 물증은 부서진 자동차 방향등뿐이다.

그걸 가지고 '이게 증거입니다.'라고 할 수는 없는 노릇이다.

"폐차장을 수색하기 위해서는 어쩔 수 없이 증거를 찾아야 한다는 건데……."

노형진은 눈을 찌푸렸다.

"들어가 볼 수는 있을까요?"

"그건 무리일 겁니다. 폐차장은 위험합니다. 그래서 특정한 위치 이상은 일반인은 못 들어갑니다."

　쌓아 둔 차들이 무너지기라도 하면 그때는 초대형 사고로 넘어갈 수밖에 없다.

　"일단은 오광훈 검사에게 도움을 청해 보겠습니다. 영장을 청구해서 나오면 좋겠는데요. 저는 다른 쪽으로 조사를 해 보겠습니다."

　얼마 후 오광훈은 검찰에서 개소리하지 말라고 했다는 간단한 답변을 보내왔다.

　예상대로 증거 없는 영장은 나오지 않았던 것이다.

　"참 웃긴 일이네요."

　폐차장 주변 동네에서 고연미는 짜증이 난다는 듯 툴툴거렸다.

　"의심이 되면 증거를 찾기 위해 발급하는 것이 수색영장 아닙니까? 그런데 증거가 없으니 영장을 안 준다는 게 말이 나 돼요?"

　"어쩔 수 없는 현실이죠. 무죄 추정의 원칙이 있으니까. 다른 건 몰라도 그건 지켜야 하지 않습니까? 그걸 뚫고 증거를 찾아내는 것이 중요한 거죠."

　"그렇기는 한데."

혹시나 하는 마음에 주변 동네의 사람들을 찾아다니면서 노형진은 그 폐차장을 고소할 거리를 찾았다.

그곳에 들어갈 수만 있다면 다른 사건이라도 상관없으니까.

그러나 그런 노형진의 계획은 아무래도 힘들어 보였다.

"아, 오 사장? 좋은 사람이지."

"에이, 오 사장한테 무슨 잘못이 있겠어?"

"그 사람은 그럴 사람이 아니라니까."

오필우.

팔광렉카와 팔동폐차를 운영하는 그는 동네에서 좋은 사람으로 소문이 나 있었다.

"우리가 사람을 잘못 찾은 거 아닐까요? 이 정도로 평판이 좋은 사람은 별로 없는데."

노형진은 코웃음을 쳤다.

"원래 나쁜 놈들이 가면은 더 잘 씁니다."

"그런가요?"

"네. 켕기는 게 많으니까 사회적으로 더 잘 보이려고 하거든요."

가령 미국의 연쇄살인범은 잡히기 전까지 온 동네에서 칭찬이 자자했다.

심지어 피해자의 부모조차도 그 사람은 그럴 사람이 아니라고 했을 정도니까.

"생각해 보세요. 이 동네에서 인심을 얻으려면 어떻게 해야 할까요?"

"어…… 글쎄요?"

고개를 갸웃하는 고연미.

그녀는 태생이 도시 사람이다 보니 이런 시골에서 살아 본 적이 없었다.

노형진은 간단하게 대답했다.

"바로 돈이죠."

"돈요?"

"네."

폐차장은 그 특성상 도심에서 할 수가 없다.

그러면 시골이나 공업단지에서 해야 한다.

그런데 이곳은 시골이다.

바로 여기서 문제가 생긴다.

"시골 사람들에게 점수를 따기 위해 여기저기 따라다니면서 얼굴을 내비치고 대소사를 챙기는 사람이 있을까요?"

물론 그런 사람이 있을 수도 있다.

하지만 일반적으로 사업을 하는 사람들은 그런 경우가 드물다.

정확하게는, 그럴 시간이 없다고 봐야 한다.

"그런데 칭찬이 자자합니다. 마치 마법처럼요. 얼굴도 비치지 않고 칭찬을 받는 가장 좋은 방법은 돈을 들이미는 거죠."

지역 행사가 있을 때마다 상당한 자금을 내주며 행사를 돕

거나 사람을 보내거나 음식을 보내거나 하는 식으로 하면, 그 지역에서는 그 사람은 좋은 사람이라는 인식이 생긴다.

그리고 그들은 자연스럽게 오필우를 편들어 주게 된다.

"직접 온 것일 수도 있잖아요. 그런데 어떻게 아세요?"

"지금까지 만난 사람들 중에서 오필우의 실명을 아는 사람이 있던가요?"

"없었지요……. 아, 무슨 말인지 알겠네요. 개인적으로 친하다면 오 사장이라는 직함이 아니라 오필우라는 이름이 나왔겠군요."

한 명에게서라도 그 이름이 나왔다면 그가 여기서 사람들을 만나고 다녔다는 의미가 된다.

하지만 사람들의 입에서 나온 명칭은 오필우라는 이름이 아니라 오 사장이라는 직함이다.

"그러니까 사장으로서 그는 이곳에 여러 좋은 일을 했다는 거죠."

하지만 개인적으로는 거리감이 있다는 의미이기도 하고.

"사업을 하는 사람이 돈을 아낄 생각을 하지 주변에 퍼 줄 생각을 하는 경우는 드물죠."

"복잡하네요."

"사건도 복잡하게 생겼습니다, 안으로 들어갈 방법이 없으니."

노형진은 머리를 긁적거렸다.

주변에서 모두가 그를 편들어 주니 조사를 하고 싶어도 할 수 있는 방법이 없다.

　"직원들을 털어 보는 건 어때요?"

　"이미 고문학 팀장이 시도했습니다. 하지만 다들 별문제가 없다고 했다더군요."

　"별문제 없다고요?"

　"애초에 폐차장이지 않습니까?"

　망가진 차를 부수는 곳이다.

　그러니 그런 곳에서 차를 없애는 걸 이상하게 생각하는 직원은 없을 것이다.

　시체야 어디 야산에 묻어 버리면 찾는 것은 요원한 일이고.

　"홍주석이 일어나서 증언을 해 주면 좋겠지만……."

　"사실상 식물인간이 된 상황입니다. 아무래도 무리죠."

　노형진은 씁쓸하게 말하면서 동네를 바라보았다.

　그때 누군가 그런 노형진의 등을 쿡 찔렀다.

　"아저씨."

　"응?"

　고개를 돌려 보니 중학생쯤 되는 애가 노형진을 바라보고 있었다.

　"아저씨가 그 레드윙스 조사하고 다니는 아저씨 맞죠?"

　"어, 맞는데. 어떻게 알았니?"

　"이 주변을 며칠째 캐면서 본 적 있느냐고 물어봤잖아요."

노형진은 반색했다.

혹시나 이 아이가 레드윙스를 보지 않았을까 하는 기대 때문이었다.

하지만 그건 이내 실망으로 바뀌었다.

"미안한데 저도 레드윙스는 못 봤어요."

"그거 확실해?"

"네. 제가 레드윙스 팬클럽 회원이라고요. 설마 못 알아봤겠어요?"

"아아…… 그렇구나. 그런데 왜 나를 불렀니?"

"아니, 아까 들어 보니까 폐차장에 대해 물어보시기에."

학생은 조용히 목소리를 낮췄다.

"옆집 형이 거기 그만뒀거든요."

"응?"

전혀 예상하지 못한 이야기였다.

그런데 그 이후에 하는 말이 더 이상했다.

"그런데 그 이후에 미쳤어요."

"미쳤다고?"

"집에서도 안 나오고 취직하려고도 않고, 옆집에서는 맨날 혼내고 그러는데도 꼼짝도 안 해요."

"그만둔 이후에?"

"네. 멀쩡하게 잘 다니고 있었고 월급도 많이 받았는데 갑자기 그만둬서, 다들 미쳤다고 했죠."

노형진은 문득 어떤 생각이 들었다.

혹시 그가 뭔가를 알고 그만둔 게 아닐까 하는.

"혹시 말이야, 그 형 집이 어딘지 알아?"

"알죠. 옆집이라니까요."

히죽 웃는 중학생.

"혹시 만나 볼 수 있을까?"

"모르겠어요. 진짜 미쳐서요. 전에는 나랑도 잘 놀아 주고 그랬는데, 이제 밖으로 나오지도 않아요. 창문도 닫고 커튼도 닫아 두고."

"노 변호사님."

고연미가 잔뜩 상기된 얼굴로 노형진을 불렀다.

그러한 행동은 뭔가 두려울 때 나오는 행동이다.

당연하게도 그가 뭔가 알고 있을 가능성이 높다.

"한번 만나서 설득을 해 보죠."

노형진은 고개를 끄덕거렸다.

⚖️

"안 만나요! 싫어요!"

집 바깥에까지 퍼져 나가는 고함 소리.

고연미는 생각지도 못한 반응에 당황했고, 노형진은 눈을 찌푸렸다.

이것이 법이다~

"아니, 우리가 무슨 짓을 한 것도 아니고 단순히 질문을 하겠다는 건데, 반응이 너무 극단적인 거 아니에요?"

"확실히 뭐가 있기는 있나 보군요."

그렇지 않다면 저런 반응을 보일 리 없다.

문제는 그를 설득하는 것이었다.

"증인의 부모들도 반응이 영 좋지 않고."

노형진과 고연미가 다가오자 아들이 히스테릭한 반응을 보였고, 그걸 본 증인의 부모는 다시는 오지 말라고 그 둘을 가차 없이 쫓아냈다.

당연하게도 접촉할 방법은 없었다.

"이거 너무하네요, 여기까지 왔는데."

뭔지는 모르지만 그는 뭔가를 안다.

하지만 두려움에 말하지 못하는 것이다.

그의 증언이 있으면 사건을 뒤집을 수가 있는데 그 증언을 거부하는 경우, 사건을 추적하는 사람 입장에서는 미칠 노릇이다.

"저 사람이 본 게 뭘까요?"

"시체를 봤을 수도 있지요. 아니면 시체를 처리하는 데 동원되었을 수도 있고."

그리고 그렇게 사람을 가차 없이 죽이는 사람에 대한 일반인의 반응은, 공포와 두려움이다.

감옥에 보낸다고 해도, 그가 나온 이후 자신을 해코지할지도 모른다는 두려움.

"설득을 해야 하는데 말이죠."

"시간이 관건입니다."

이미 동네에 자신들이 레드윙스를 찾아다니고 있다는 소문은 파다하게 났다.

어쩌면 오필우가 자신들의 수사를 막기 위해 무슨 짓을 할지도 모른다.

"시간을 두고 설득할 수는 없으니……."

노형진은 고민을 하다가 슬쩍 고연미를 바라보았다.

"고 변호사님."

"네?"

"혹시 그룹 멤버들을 불러 주실 수 있습니까? 잠깐 녹음만 좀 하면 될 것 같은데."

"네에?"

노형진의 말에 고연미는 어리둥절할 수밖에 없었다.

⚖

노형진은 고연미와 다른 사람들을 불러서 몇 번 녹음했다. 그리고 그걸 몇 번 테스트해 보고는 미소 지었다.

"이건 생각도 못 했군."

김성식은 노형진의 계획에 혀를 내둘렀다.

"우리 멤버가 무슨 귀신이 된 것도 아니고."

"어떻습니까, 안 걸리는데? 애초에 관심도 없는데 알아들을까요?"

노형진의 계획은 간단했다.

멤버들에게 부탁해서 원한에 찬 탄식과 저주를 몇 마디 녹음한다.

그리고 지향성 스피커 몇 대를 그의 방 주변에 설치했다.

"다른 사람들에게는 전혀 소리가 들리지 않죠."

노형진은 버튼을 꾹 누르며 말했다.

블루투스 기능이 탑재되어 있는 미니 타입이라 마당까지 있는 작은 시골집에 감추는 건 어려운 일이 아니었고, 그 소리는 그의 방으로 향했다.

"으아아악!"

찢어지는 비명과 함께 바깥으로 튀어나오는 남자.

그는 마당으로 튀어나오자마자 머리를 부여잡고 바깥으로 뛰기 시작했다.

"아아악!"

"아들! 왜 그래!"

"석균아! 석균아!"

그가 미친 듯이 온 동네를 뛰어다니자 사방에서 불이 켜지기 시작했고, 가족들은 쫓아 나와 몸부림치는 그를 잡았다.

"왠지 미안해지는군."

좀 떨어진 차에서 그걸 보면서 김성식은 입맛을 다셨다.

다른 사람이 듣지 못하는 소리를 자기 혼자 들었으니 그는 아마 미칠 지경일 테고, 마음이 무척이나 약해졌을 것이다.

"저도 쉽게 가고 싶었습니다만."

사람을 이렇게 괴롭히는 건 아니라고 생각하기는 한다.

"하지만 악이 승리하는 가장 좋은 방법은 선의 침묵이라고 하지 않습니까? 그게 뭐든, 그는 보았습니다. 그럼에도 불구하고 아무 말 하지 않고 있지요. 그게 뭐든, 어찌 보면 그는 공범이나 마찬가지입니다."

"범죄의 사후 공동정범 말인가?"

"네."

사후 공동정범은 사건 이후에 사실을 알고도 묵인했을 때 성립되는 범죄다.

다른 것도 아니고 살인을 봤는데도 신고하지 않고 묵인한다면 그건 명백한 범죄행위다.

"개인이 불쌍하기는 합니다. 하지만 입을 다문다고 해서 그의 인생이 해결되는 건 아니죠."

노형진은 차갑게 모니터를 바라보았다.

석균은 어떻게 해서든 집에 가지 않기 위해 몸부림을 치고 있었고, 그런 그의 주위로 모여드는 사람들은 점점 많아지고 있었다.

"박석균 씨가 왔습니다."

긴장된 얼굴.

모두들 직원의 말에 고개를 끄덕거렸다.

드디어 박석균, 그러니까 그 증인이 움직였다.

어찌 보면 당연한 일이다.

지난 일주일간 그가 어딜 가든 주변에서 여자들의 원한에 찬 목소리가 들려왔으니까.

다른 사람도 아니고 걸 그룹 출신들이라, 걸 그룹 특유의 하이 옥타브로 속삭이는 저주는 그를 미치게 만들기 충분했을 것이다.

그런데 정작 자신을 제외한 다른 사람들은 아무것도 못 들으니 사람이 안 미치면 이상한 거다.

"박석균입니다. 지난번에는 죄송했습니다."

지난 일주일 사이에 피골이 상접해서 진짜 뼈만 남은 그는 힘이 없는 얼굴로 맞은편에 앉았다.

"저기, 우리 애가 걱정스러운데⋯⋯."

"걱정 마세요. 저희가 뭘 하려고 하는 게 아닙니다. 먼저 연락하셨잖습니까?"

부모들은 걱정스러운 얼굴로 그 옆에 앉았고, 그렇게 3 대 3으로 앉은 상황에서 박석균은 힘겹게 입을 열었다.

"사실은…… 레드윙스를 찾는다는 소리는 들었습니다. 그때는…… 그 사람들이 누군지 몰랐지만…… 나중에 알았습니다."

고개를 푹 숙이고 말하는 박석균.

노형진은 그런 그를 다독거렸다.

"무슨 일인지 모르지만 용기 내 주신 점 감사합니다. 진술을 해 주시면 저희가 최대한 도와드리겠습니다. 정신적으로 불안정하신 것 같은데, 원하시면 상담 치료라도 주선해 드릴까요?"

"저기, 그것보다는, 굿이라도 해 주시면……."

"굿?"

"그…… 사람들의 원한이…… 원혼이 제 주변에서 안 떠납니다, 흑흑흑."

노형진은 그 원혼이 뭔지 잘 알고 있지만 모른 척하면서 그를 다독거렸다.

"진실을 말해 주시면 그분들도 그만하실 겁니다."

"그…… 그럴 거라 생각합니다."

'그러겠지.'

그렇게 녹음을 해 놨으니까.

그리고 진술을 하면 당연히 더는 그걸 틀어 줄 이유가 없으니, 용기가 생긴 그는 더욱 자신 있게 증언할 것이다.

"그래서 어떻게 된 겁니까."

"사실은…… 제가 몇 달 전에…… 밤에 회사에 급하게 돌아간 적이 있습니다."

몇 달 전 중요한 물건을 회사에 두고 왔던 그는 늦은 밤임에도 불구하고 그걸 가지고 오기 위해 폐차장으로 향했다.

그리고 입구에 들어갔을 때 그는 커다란 기계 소리에 고개를 갸웃했다.

"기계 소리요?"

"네, 압착식 폐차기 소리였습니다."

"압착식 폐차기요?"

"네. 저희는 압착식 폐차기를 사용합니다."

폐차 방식은 보통 두 가지가 있다.

하나는 그라인더로 폐차 차량을 갈가리 찢어 버리는 거고, 다른 하나는 거대한 압착기로 차를 눌러 버리는 것이다.

후자의 경우가 훨씬 관리하기 쉽고 또 수송도 편해서, 보통은 후자를 쓰는 게 일반적이다.

"그 기계의 소리였습니다."

"그래서요?"

"저는 이해가 안 갔습니다. 그 시간에는 보통 압착기를 쓰지 않으니까요."

압착기 소리가 생각보다 크기 때문에 주변에서 민원이 들어올까 봐 밤에는 압착기를 움직이지 않는다.

"어차피 저는 물건을 가지러 가기 위해서 2층으로 가야 했기 때문에…….”

2층의 구조는 간단했다.

앞쪽에 그 압착기를 컨트롤하는 컨트롤실이 있고 그 뒤에 사무실과 휴게실이 있다.

물건이 사무실에 있었기 때문에 그는 어차피 그곳에 가야 했다.

“그래서 그곳으로 향했고…… 저는 그…….”

말을 하다가 멈추는 박석균.

그는 부들부들 떨었고 노형진은 그런 그를 진정시켰다.

“여기 물이라도 마시고 진정하세요. 너무 서두를 필요는 없습니다. 진정하시고 천천히 말하세요.”

“저는, 저는…….”

한참을 말을 못 하던 박석균.

결국 기다리다 못한 김성식이 먼저 물어봤다.

“그 차를 본 겁니까, 레드윙스의 차를?”

“아니요. 차는 못 봤습니다. 애초에 전 레드윙스가 누군지도 모르고, 그들 차가 어떤 건지도 모릅니다.”

“그런데 왜 그렇게 서둘러서 그만두신 겁니까?”

뭔가 봐서, 시체라도 봐서 도망치듯이 그만둔 줄 알았다.

그런데 정작 아무것도 보지 못했다니.

그러나 그다음 말에 모두의 얼굴은 창백하게 굳어졌다.

“비명을…… 들었습니다. 그 압착기 안에서 여자들의 비명을…….."

너무나 충격적인 말이었기 때문에 누구도 입을 열지 못했다.

죽은 줄 알았다.

이미 죽어서, 시체는 어딘가에 버리고 차는 폐차했을 거라 생각했다.

그런데 정작 차는 보지 못하고 비명을 들었다니.

"그…… 그거 확실해요? 진짜예요? 진짜로, 진짜로 그 안에서 비명을 들었어요?"

고연미는 창백한 얼굴로 더듬더듬 물었다.

비명을 질렀다는 것.

그건 그녀들이 살아 있었다는 뜻이다.

"네. 저는…… 그걸 듣고. 다급하게 도망쳐 나왔습니다. 거기에 있으면 똑같이 당할까 봐……."

"아이고, 석균아."

엄마는 충격받은 얼굴로 박석균에게 매달렸다.

왜 그만뒀느냐며 매일같이 구박했는데, 아들이 그런 충격적인 일을 경험했다니.

"미친놈."

노형진은 자신도 모르게 입술을 깨물었다.

사람이 살아 있었다.

그 안에 몇 명이 살아 있었는지는 모른다.

하지만 박석균은 여자들의 비명이라고 했다.

최소한 두 명 이상은 살아 있었다는 의미다.

"무서웠습니다. 보고 말았거든요……. 차량 코너에서…… 창문을 통해 내려다보던……."

헐떡거리면서 힘들게 말하는 박석균.

그의 눈에는 공포와 두려움이 가득했고, 쉴 새 없이 눈물이 쏟아졌다.

"누구였습니까?"

"오필우 사장님이었습니다."

그렇게 진실이 드러났다.

교통사고가 났고, 오필우는 치료와 신고 대신에 사건의 은폐를 결심했다.

그는 견인차로 차를 끌고 왔고, 압착기에 넣고 부수어 버렸다.

어려운 일은 아니니까.

"미친 새끼!"

김성식은 자신도 모르게 욕설을 날렸다.

산 사람을 차에 태운 채 통째로 압착할 미친놈이 있을 거라고는 생각도 못 했다.

"맙소사."

고연미는 충격을 받은 얼굴이었다.

친하지는 않았다고 해도, 비슷한 시기에 데뷔해서 인사도 주고받은 선배들이었다.

그들의 목소리를 아직도 기억하고 있었다.

그런데 그녀들이 그렇게 비참하게 죽어 갔다는 것이 너무나 충격적이어서 말이 나오지 않았다.

"미안합니다…… 크흡…… 미안합니다……. 이제라도 사실을 말하겠습니다. 미안합니다…… 크흡……."

박석균은 오열하고 있었지만, 누구도 그를 달래 줄 생각은 하지 못하고 그저 침묵만 지킬 뿐이었다.

⚖

"이런 미친 새끼!"

김성식은 잔뜩 흥분해서 사무실을 왔다 갔다 하고 있었다.

사건을 가지고 올 때부터 살인 사건이라 생각은 했지만, 이렇게까지 비참한 끝을 맞이한 사건일 줄은 정말 몰랐다.

"이 새끼를 당장 잡아 처넣어야 해!"

"그래야 해요! 박석균 씨도 증언하겠다고 했잖아요! 영장 받아서 바로 털어야 해요!"

"후우."

노형진은 김성식과 고연미의 말을 들으면서 깊은 한숨을 쉬었다.

"그건 동의합니다. 바로 오광훈 검사를 불러서 사건을 넘기겠습니다. 문제는 그분들의 시신을 찾는 건데……."

아무리 지역 유지라고 해도, 아는 사람이 검찰과 법원에 포진해 있다고 해도, 이 정도 사건을 덮을 수는 없다.

당연하게도 일은 어마어마하게 커질 것이다.

"기자도 불러야 합니다."

"기자도?"

"네. 비극적이고 충격적인 사건이기는 합니다만, 우리 목적은 따로 있으니까요."

"크흠…… 그건 좀 그렇군. 이런 사건을 이득을 위해 사용한다는 게."

"다른 사건은 안 그럴까요? 진짜 미결 사건이었다면 그 끝이 좋을 것 같지는 않은데요."

노형진은 씁쓸하게 말했다.

비극은 비극이고, 이용할 수 있는 건 이용해야 한다.

아니, 이용해야 다시는 이런 사건이 벌어지지 않는다.

"그 말에는 저도 동의해요."

고연미는 입술을 깨물고 바들바들 떨면서 말했다.

"선배들은 연예인이었어요. 그분들은 국민들의 애도를 받으면서 갈 자격이 있어요. 이건 이용하는 게 아니에요. 그분들을 애도할 수 있게 도와주는 거죠."

"그런가……. 그건 그럴 수도 있겠군. 하지만 기자들이 거기서 오래 기다려 줄지 모르겠군."

차량은 엄청나게 많고, 어느 차량이 해당 차량인지 알 수는 없다.

결국 일일이 다 찾아보는 수밖에 없다.

"누군가는 남겠죠."

노형진은 씁쓸하게 말했다.

"누군가는."

⚖

영장 자체는 어렵지 않게 나왔다.

수색영장과 체포 영장이 동시에 나왔고, 오필우는 집에서 자다가 체포되어서 끌려 나왔다.

당연하게 그 장면은 기자들에 의해서 모조리 촬영되었다.

"문제는 시신을 찾는 거군."

사람들을 동원해서 찾고는 있지만, 수백 개가 넘는 압착된 차량의 블록 더미 내에서 해당 차량을 찾아내는 것은 쉬운 일이 아니었다.

더군다나 시간상 안쪽에 있을 가능성이 높으니 외부에서 부터 하나씩 치워 가야 한다.

"여어."

노형진이 착잡한 표정으로 수사하는 경찰들을 바라보는 사이, 뒤쪽에서 익숙한 목소리가 들려왔다.

"왔냐? 오필우는?"

"자기는 억울하다고 지랄하면서 끌려갔지."

히죽 웃는 오광훈.

그는 넓은 폐차장을 보면서 혀를 내둘렀다.

"더럽게 넓네, 진짜."

"이 안에서 어떻게 찾을지 걱정이다. 대구만 해도 큰 도시인데, 이 주변 폐차들이 다 여기로 몰려왔으니."

노형진은 혀를 끌끌 찼다.

시신을 찾기 위해서는 블록을 꺼내서 일부분이라도 벌려 안쪽을 확인해야 한다.

그렇다 보니 시간이 오래 걸린다.

"기자들은 뭐라도 하나 건져 갔으면 하는 눈치인데."

하지만 전문가 말로는 못해도 한 달은 걸리는 작업이라 했으니, 당장 기자들이 뭔가 건질 가능성은 없어 보였다.

"그래서 이 몸이 끝내주는 걸 가지고 왔지."

"끝내주는 거?"

그 소리와 함께 들려오는 개 소리.

헛소리를 뜻하는 게 아니라, 진짜 개 소리가 사방에 퍼졌다.

왈왈! 멍멍! 컹컹!

"아니, 이건 뭔 개 소리야?"

"말 그대로 개지. 이런 거 잘하는 건 개 아니겠냐?"

히죽 웃는 오광훈.

노형진은 그런 그를 보면서 한숨을 푹 쉬었다.

"야, 현장 오염된다."

"어차피 여기서 뭐가 더 오염이 돼? 몇 년 전이라면서?"

"그건 그런데……."

"사람이 돌아다니면서 남긴 발자국도 넘쳐 나는데 개똥이야 약과지."

틀린 말은 아니다.

하지만 개를 데리고 온다고 해도 방법이 없다.

"전에도 말했지만 몇 년 전 사건이야. 체취가 남아 있을 리 없다고. 거기에다 이 시간에 체취가 남아 있는 걸 어떻게 가지고 와? 그런 걸 가지고 오려면 유가족이 와야 하는데, 그건 못 할 짓이지."

노형진은 안 된다고 선을 그었다.

그러나 다음 말에 놀라서 입을 쩍 벌렸다.

"체취 필요 없는데?"

"뭐?"

"저 애들이 찾는 건 사람 냄새가 아니야. 썩은 고기 냄새지."

"아니, 무슨 말도 안 되는……."

막으려던 노형진은 말문이 막혔다.

틀린 말이 아니다.

무식한 방법이다.

하지만 무식하기 때문에 생각해 낼 수 있는 방법이다.

자신만 해도 증거 오염이니 어쩌니 하면서 고민하고 아직은 그들이 사람이라 생각하지만, 개의 입장에서는 결국 썩은 고기일 뿐이다.

대상을 사람으로 보지 않기에 생각할 수 있는 방법이었다.

"미친 새끼."

노형진은 짜증스럽게 말했다.

진짜 미친 새끼였다.

"그래서 하지 마? 돌려보내? 숨은 새끼 찾을 때는 이게 최고야. 저 애들, 훈련 잘된 애들이야."

"풀어."

"뭐?"

"풀라고."

노형진은 허공을 보면서 안타깝게 말했다.

"가능하면 빨리 풀어 주고 싶으니까."

개들은 확실히 제대로 움직였다.

풀어 준 개들은 한곳으로 몰려갔고, 그곳 안쪽에서 완전히 찌그러진 차량을 찾을 수 있었다.

다른 차량에 막혀 있어서 오염되는 사태는 벌어지지 않았고.

오광훈이 무식한 짓을 했지만, 확실히 성공적이었다.

─이번 사건은 비극적으로 간 제 선배들을 위해서⋯⋯.

방송에서 인터뷰를 하는 고연미를 보던 노형진은 텔레비전을 꺼 버렸다.

사건을 해결한 건 좋은데 너무 씁쓸했다.

"그 미친 새끼는 진짜 사형시켜야 할 텐데."

"오광훈 검사는 걱정하지 말라고 하더군요. 무조건 사형 구형할 거라고."

"그러겠지. 어설프게 자비를 보여 주면 검찰이 가루가 될 테니까."

김성식은 길게 한숨을 쉬었다.

"세상에 아무리 돈이 좋기로서니 그런 미친 짓을 할 생각을 하다니."

사건의 전개 자체는 단순했다.

사고 소식을 들은 홍주석이 과속을 하고 신호 위반을 하면서 해당 장소로 달려가다가, 교차로에서 레드윙스의 차를 들이받았다.

사고 이후에 정신은 잃어버리지 않았기에, 홍주석은 다급하게 사장에게 연락을 했다.

사장은 차를 끌고 왔다가 사고 당사자가 레드윙스인 것을 알아차렸다.

방송에 한창 나가고 있으니 얼굴이 눈에 익었던 것.

"그게 문제가 될 줄은 몰랐네요."

사장인 오필우는 레드윙스가 방송에 나오는 연예인이라는 사실에 놀랐다.

그리고 연예인이라면 배상금이 많이 나올 거라 생각했던 것.

"결국 돈이 문제였지."

자기 딴에는 연예인을 과실로 쳐 버렸으니 어마어마한 배상금이 나올 거라 생각했고, 수십억의 배상금이면 자신의 인생이 끝장난다고 생각했다.

그래서 그는 사건을 은폐하기로 했던 것이다.

그런 그의 선택은, 그녀들의 살려 달라는 비명을 무시하고 그대로 압착시켜 버리는 것이었다.

"레드윙스가 타고 있던 차는 그대로 압착시켜 버리고, 사고가 난 차도 폐차 처리하고……."

그러는 사이 홍주석은 피를 너무 많이 흘려서 혼수상태에 빠졌는데, 처리할 시간이 없자 출근하지 않은 것으로 하고 길바닥에 버렸다.

알리바이를 만들기 위해 새벽에 몇 번이나 전화를 건 후 사거리로 가서 깔끔하게 사고 흔적을 지웠다.

"개자식."

그래 놓고도 그는 지금 자신은 억울하다, 살기 위해서는 어쩔 수 없었다는 주장을 하고 있었다.

"이런 사건이 많을까?"

"그럴지도 모르죠."

미결 사건.

정말 경찰이 처리하기 귀찮아서 방치하다가 미결이 된 거라면 사건 자체는 문제가 안 될 것이다.

하지만 진짜 이렇게 진실이 감춰진 것이라면 아마도 무척이나 비참할 것이다.

"우리가 움직여야 할 다른 이유가 있군."

"네, 그런 것 같네요."

노형진의 시선이 신문으로 향했다.

이번 사건에서 고연미와 함께 영웅이 된 오광훈의 얼굴이 박혀 있는 신문.

"어쩐지…… 누군가에게 놀아나는 기분이네요."

하지만 그게 결코 기분 나쁘지는 않았다.

사라진 아이들

　새론의 새로운 수사 방식. 그건 사람들에게 큰 호응을 얻었다.

　물론 눈 가리고 아웅이기는 하지만, 어찌 되었건 현재 사법에서 제대로 보호받지 못하는 사람들에게 있어서는 유일한 기회니까.

　"사건이 엄청나게 많네."

　노형진은 밀려드는 사건을 보면서 머리를 긁었다.

　미결 사건으로 넘어간 경우 경찰이 대부분 수사를 하지 않기 때문에 억울한 사람들은 꾸역꾸역 새론으로 몰려들었다.

　물론 새론에 사건의 의뢰를 맡긴다는 전제 조건이 붙어 있기는 하지만 말이다.

"생각보다 작은 사건은 없네요."

무태식 변호사는 이상하다는 듯 머리를 북북 긁었다.

노형진이 설명하기로는 작은 사건들이 제법 많을 거라 했는데 말이다.

"아마 돈 때문에 그럴 겁니다."

"돈 때문에요?"

"네. 어찌 되었건 변호사 사무실에 의뢰를 한다는 건 수임계약을 해야 한다는 거니까요."

"아아, 그러니까 너무 작은 사건은 그럴 필요가 없다 이거군요."

"그런 거죠. 차라리 잘된 겁니다. 너무 작은 사건까지 들어오면 일에 치이니까요."

"핫핫, 지금도 충분히 치이고 있습니다. 정보 팀에서 노변호사님 암살하자는 소리 나오는 거 모르시죠?"

"끄응……."

모를 리 없다. 이미 소문이 파다하게 났으니까.

"어쩌겠습니까, 그건 제 판단 미스였으니."

노형진은 검찰을 끼면 정보를 좀 더 쉽게 얻을 수 있을 거라 생각했다.

그건 틀린 말은 아니었지만 한 가지 예상하지 못한 것이, 미결 사건이 노형진이 알고 있는 것보다 훨씬 더 많다는 것이었다.

"고 팀장님이 팀원을 보충해야 한다고 주장하는데 어떻게 생각하십니까?"

"하기는 해야겠지요."

각 사건당의 업무는 줄었지만 반대로 사건 자체는 많아졌기 때문에 업무량이 크게 늘었다.

고문학은 이참에 어둠 속에 있는 흥신소 중 실력 있는 곳을 흡수하기를 원하는 모양이었고.

"탐정업을 만들면 훨 편한데 말이죠."

"절대 허가 안 합니다."

무태식의 말에 노형진은 씁쓸하게 말했다.

'할 리가 있나.'

사실 한국의 사법 체계는 일방적으로 권력이 몰려 있는 형태다.

선진국이라 불리는 OECD 가입국 중에서 탐정이 불법인 나라는 한국뿐이다.

온갖 그럴듯한 핑계를 대면서 불법으로 막아 놨지만, 사실상 탐정을 막는 이유는 탐정이 사건을 해결하면 제대로 일을 하지 않는다는 경찰과 검찰의 치부가 그대로 드러나기 때문이다.

'이번에는 허락하려나?'

회귀 전에는 탐정업이 끝까지 불법이었다.

하지만 사실상 새론이 변호사라는 타이틀을 내밀면서 탐

정업을 시작했으니 어쩌면 허락할지도 모른다.

'해도 좋고 안 해도 좋고.'

허락을 하면 국민들은 경찰만 바라보고 하염없이 세월을 보내지 않아도 되는 거고, 허락을 하지 않으면 새론의 규모는 기하급수적으로 커질 수밖에 없다.

친서민 정책을 고수하는 새론의 기조는 정부 입장에서는 부담스러울 수밖에 없을 것이다.

"일단은 사건 자체를 분류해서 변호사별로 나눠야지요. 그나저나 은퇴한 경찰분들을 찾는 건 어떻게 되어 가나요?"

"제법 많이 호응들 하셨습니다. 어차피 집에서 놀아 봐야 뭐 하겠느냐면서요."

노형진이 이런 계획을 짤 때 가장 고민한 것은 다름 아닌 전문가의 양성이었다.

당장은 탐정 전문가라는 존재가 없고, 흥신소는 뒷조사는 능할지언정 탐문이나 수사는 익숙하지 않으니까.

"은퇴한 경찰이라니 참 생각 잘하셨네요."

그래서 노형진이 생각한 해결책은 다름 아닌 은퇴한 경찰이다.

사실 몸싸움이나 체력전을 제외하고 수사 자체에는 가장 전문가이고, 아직까지 경찰 내부에 인맥이 있으니 정보를 얻기도 쉽다.

물론 질이 안 좋은 경찰들도 존재하기 때문에 조심해서 뽑아야 하기는 하지만, 제대로 경찰 생활을 한 사람들은 나이를 먹었다는 이유로 그만둔 후에 일자리를 구하고 있어서 어렵지 않게 충분한 숫자를 구할 수 있었다.

"그분들이 노하우를 전수해 주면 조만간 세력을 더 늘릴 수 있을 겁니다."

노형진이 그렇게 막 사건 서류 하나를 정리해서 넘길 때였다.

얼굴을 빼꼼 들이민 고문학이 노형진을 불렀다.

"노 변호사님, 시간 괜찮으십니까?"

"고 팀장님, 이 시간에 어쩐 일이십니까? 오늘 신입 사건조사관 교육한다고 하지 않으셨나요?"

수사관이라 하면 공권력을 사칭한다고 의심받을 수 있어서 붙은 이름, '사건조사관'.

그들이 아무리 전직 경찰이라고 해도 경찰과 새론은 권한이 전혀 다르기에 교육은 필수적이었다.

"사건조사관 교육은 끝났습니다. 다만 좀 문의드릴 게 있어서요."

"문의요? 사건 관련입니까?"

노형진은 고개를 갸웃했다.

그럴 수밖에 없는 게, 고문학은 변호사가 아니라서 사건 자체에 대해 자신에게 질문을 하는 경우는 없었기 때문이다.

"아, 사건 관련이기는 한데 미결 사건입니다. 조사관으로 한 분이 오셨는데, 자기가 해결하지 못한 사건을 좀 맡아 주실 수 있냐고 물으셔서요."

"해결하지 못한 사건요? 하지만 의뢰가 들어와야 하는데요."

"허락해 주신다면 설득해 보겠답니다."

"흠……."

노형진은 턱을 문질렀다.

전직 형사가 가지고 온 사건이라는 것이 의외로 구미가 당겼다.

'그러고 보니 은퇴하는 대다수 경찰들에게는 한으로 남는 사건들이 하나씩 있기 마련이지.'

그리고 그러한 사건들은 뭔가 충격적이고 또 이상한 점이 많았다.

그런 사건들을 해결하기 위해 심지어 은퇴 후에도 매달리는 사람도 있다.

'그러고 보니 전에 알던 형사가 생각나네.'

회귀 전 미국에서 알던 형사가 은퇴할 때 한 말이 있었다.

자신의 책상에는 20년째 자리를 지키고 있는 두 개의 사건이 있다고.

집착이라고 표현하기는 했지만, 그는 그걸 해결하지 못한 것을 너무나 안타까워했다.

그리고……

'한 건은 해결했고…… 다른 한 건은…….'

그는 은퇴 후 사비를 들여 가면서 수사를 해서 첫 번째 사건은 해결했지만, 두 번째 사건을 조사하던 중 누군가에게 살해당했다.

그리고 그 범인은 잡히지 않았다.

'대부분 경찰들이 가진 그런 사건은 무척 큰일인 경우가 많다.'

그럴 수밖에 없다.

매일같이 온갖 사건을 보고 사는 경찰들이 충격을 받고 매달릴 정도면 절대 평범한 사건은 아닐 테니까.

"어떻게 할까요?"

"괜찮을 것 같네요."

"네? 하지만 무슨 사건인지도 모르시지 않습니까?"

"그렇기는 하지요. 하지만 홍보용으로 괜찮을 것 같습니다."

"홍보용요?"

노형진의 말에 고문학은 고개를 갸웃했다.

홍보용이라니?

하지만 다음 말에 이내 노형진이 홍보용이라고 말한 이유를 알아차렸다.

"사실 의뢰로 들어오는 사건들은 대부분 경찰의 무능이나 귀찮음으로 미결 처리된 것들이거든요."

아직 제대로 홍보가 안 된 탓도 있겠지만, 심각한 사건의 피해자들은 자포자기하는 경향이 강한 까닭도 있다.

"사람들에게 계속 이야기를 하고 홍보를 하기 위해서는 좀 임팩트 있는 사건이 필요합니다. 이런 사건으로 홍보하기는 힘들죠."

노형진이 서류 하나를 꺼내 들면서 씁쓸하게 말했다.

들어온 사건 중 그나마 큰 사건이다.

사건 자체는 미결로 넘어갔는데, 내용은 그냥 경찰이 가해자와 친해서 봐준 것뿐이었다. 억울한 피해자에게는 미안하지만, 이슈를 탈 정도의 임팩트는 없었다.

"일단 그분 사건을 들어 보고 다른 경찰분들께도 물어보는 게 좋겠네요."

"아아…… 무슨 뜻인지 알겠습니다. 그러면 바로 오시라고 할까요?"

"그러지요. 지금 계신가요?"

"아직 계십니다."

"그러면 바로 들어 보죠."

노형진은 고개를 끄덕거리면서 무태식을 바라보았다.

"아니, 저는 왜 또 바라보십니까?"

"왜긴요."

노형진은 그의 손을 꼭 잡았다.

"이번에 영웅이 되실 분은 무태식 변호사님이시니까요."

"딸꾹!"

무태식의 딸꾹질은 한동안 멈추지 않았다.

"조본서라고 합니다. 작년에 은퇴해서 집에서 구박받고 있었습니다, 하하하."

반백의 남자는 아직 탄탄한 몸매를 자랑하고 있었고 얼굴에는 연륜이 가득했다.

"노형진입니다. 저희와 함께해 주셔서 감사합니다."

"별말씀을요. 제가 더 감사해야지요. 백수 생활 못 해 먹겠더라고요. 마누라가 곰탕을 얼마나 끓여 주던지, 아주 지겨워서 못 먹겠습니다. 여기는 급식이 나와서 얼마나 좋은지 모르겠습니다, 하하하."

호탕하게 웃는 그를 보니 성격이 나쁜 사람은 아닌 듯했다.

"그런데 한이 맺힌 사건이라고 하시더니요?"

"한이 맺혔다라…… 그 정도는 아니고……. 아니, 의심스러운데 어떻게 할 수가 없는 거죠."

머리를 긁적거리는 조본서.

아무래도 입사하자마자 부탁부터 하는 게 미안한 모양이었다.

"그렇게 부담 갖지 않으셔도 됩니다. 느긋하게 생각하세요. 어차피 저희는 사건을 찾아가는 변호사들이니까요. 교육 시간에 들으셨겠지만."

"그래서 일단 말을 꺼내 본 건데……."

아까와 다르게 얼굴이 어두워지는 조본서.

그냥 의심스럽다고 표현하기는 했지만 아무래도 무척이나 한이 된 것이 분명했다.

"사실 큰 사건이라고 할 수도 없어서."

"하지만 직감이 이상하신 거죠?"

"후우, 네. 이게 사실 사건도 아닌지라……."

"사건도 아니라고요?"

"단순 가출이거든요."

"가출 사건요?"

"네, 첫 가출도 아니고요. 그런데……."

조본서는 자신이 아는 사건에 대해 설명하기 시작했다.

중학교 3학년에서 고등학교 3학년 사이의 아이들이 사라졌다.

그런데 다들 가난한 집의, 가출 경험도 있는 그런 아이들이다.

"그때는 뭐, 좋게 말해서 질풍노도의 시기이고 나쁘게 말하면 철모르고 날뛰는 시기 아닙니까?"

머쓱하게 말하는 조본서.

무태식도 고개를 끄덕거렸다.

"맞습니다. 철모르고 날뛰는 시기죠."

"거기에다 가정환경까지 그러니……."

가난한 집에서 질풍노도의 시기인 사춘기까지 왔으니 당

연하게도 세상에 불만이 넘치고, 그중 일부는 밥 먹듯이 가출을 하게 된다.

그건 어쩔 수 없는 현실이다.

"그게 이상한 건가요? 단순히 가출인데."

가출이라고 하면 경찰은 제대로 조사를 하지 않는다.

만일 가출 전적이 있다면 아예 서류를 처박아 두고 보지도 않는다고 봐도 무방하다.

한번 가출을 했던 애들은 또 하는 경우가 많으니까.

"그래서 문제가 된 건데."

그가 경찰로 있을 때 몇몇 아이들이 실종되었다.

가출 기록이 있었기에 동료들은 그 사건에 신경을 쓰지 않았다.

"저도 처음에는 신경을 쓰지 않았습니다. 그런데 가출 기간이 너무 길어지더라고요."

"길어진다?"

"네. 부모들이 계속 찾아왔거든요."

모두가 기껏해야 한 달이면 돌아올 거라 생각한 아이들이었다.

그런데 길게는 3년째 오지 않는 아이도 있었다.

사실 가출을 하고 아예 연을 끊어 버리는 아이도 있기 때문에 그게 크게 이상한 건 아니다.

"그런데 뭐가 그렇게 걸리신 겁니까? 딱히 이상한 건 없어

보입니다만."

노형진의 말에 머리를 긁적이는 조본서.

"그냥 감입니다, 감. '이건 아닌데?'라는 그런 느낌?"

"감이라…….."

노형진은 약간 애매한 표정이 되었다.

너무나 흔한 사건이고, 딱히 이상한 일도 아니다.

가출을 해서 연락 두절되는 경우는 아주 흔하니까.

'하지만 감이라는 것도 무시할 건 못 된단 말이지.'

과학수사니 어쩌니 하지만, 사실 감이라는 것도 어찌 보면 프로파일링의 일종이다.

오랜 시간 하나의 일을 하다 보면 그쪽이 발달하는 셈이니까.

가령 오래 요리를 한 주부에게 양념을 얼마나 넣어야 하느냐고 물어보면 몇 그램이라고 표현하기보다는 '적당히'라는 표현을 더 많이 쓴다.

몇 인분이든 결국 감으로 집어넣는 건데, 대부분 그 기준이 맞아떨어진다.

"아이들을 찾아보셨나요?"

"네. 영 꺼림칙해서 찾아봤는데요, 안 보이더라고요. 관할 구역을 넘어간 건지."

가출 팸이나 가출한 아이들을 찾아다니며 물었지만, 애석하게도 알아보는 아이들이 없었다.

거기에다 광역 경찰도 아닌 그의 입장에서 구역을 넘어가면서 조사를 할 수는 없었고, 당장 확실한 범죄가 넘치는 상황에서 그것만 따라다닐 수도 없었다.

"그렇게 시간을 보내다가 결국 이렇게 은퇴하게 되었네요."

"이거 참……."

고문학도 무태식도 애매한 표정이 되었다. 사건 자체로 봐서는 어느 모로 보나 이건 단순 가출일 뿐이니까.

"다른 사건을 찾아볼까요?"

고문학은 아무래도 이 사건은 아니다 싶은지 한발 물러섰으나, 노형진은 고개를 흔들었다.

"아니요."

"네?"

"의외로 이런 게 사건이 될 수도 있습니다."

"의외로라니요?"

"사법적 보호 바깥으로 나간 존재에 대해서도 생각보다 범죄가 많이 벌어지거든요."

아니, 그런 이들을 노리는 놈들은 분명히 있다.

"과거의 군인 살인 사건을 생각해 보세요."

"아…… 그건 그러네요."

군인 살인 사건.

군인들에게 원한을 가진 여자가 군인들을 꼬셔서 살인한 사건.

노형진은 그 사건에서 총까지 맞았다.

"그들도 사법적 보호 바깥으로 밀려 나간 사람들이죠."

경찰 입장에서는 군대로 넘어갔으니 거기서 해결할 문제라고 신경도 안 썼고, 군대에서는 단순히 탈영으로 봐서 탈영병 처리하고 끝이었다.

피해자 가족들이 탈영할 아이가 아니라고 울부짖었지만 아무도 들어 주지 않았고, 결국 수많은 군인들이 목숨을 잃고 나서야 노형진 덕분에 진실이 세상에 드러났다.

"물론 의미 없는 짓일 수도 있습니다. 하지만 의심해 볼 가치는 있다고 봅니다."

"그렇게 생각하십니까?"

조본서의 얼굴에 환한 미소가 떠올랐다.

지금까지 그 누구도 자기 말을 들어 주지 않았는데 노형진만이 유일하게 들어 줬기 때문이다.

"그러면 제가 피해자 가족들에게 연락해서 의뢰를 받아 오겠습니다. 아마 그분들도, 해 주신다고 하면 맡길 겁니다."

"연락을 해 보세요. 이 사건은 제대로 한번 파 보도록 하지요."

노형진은 고개를 끄덕거리며 말했다.

⚖️

"실종자가 서른 명이 넘는데요. 이들이 다 범죄의 피해자일까요?"

무태식은 실종자 목록을 보면서 고개를 갸웃했다.

사실 실종자 목록도 아니다.

정확하게 표현하자면 가출자 목록이라고 해야 할 것이다.

"그건 아닐 겁니다."

보통은 감춰진 피해자가 더 많지만, 이런 사건의 경우 모두가 다 범죄의 피해자는 아닐 것이다.

"진짜 가출한 사람도 있을 테니까요."

"기숙학교에는 없는 거 확실하고요?"

"네."

노형진은 대룡과 손잡고 가출한 아이들을 위한 기숙학교를 운영하고 있다.

가정 폭력이나 기타 불우한 환경으로 인해 도망친 애들을 보호하는 곳이다.

"요즘은 가장 먼저 찾아가는 곳이 거기니까요."

조본서는 확실하게 말했다.

"흠⋯⋯."

기숙학교는 부모들이 데리러 와도 아이들을 내주지 않는다.

그래서 아동 학대 등을 피해서 오는 아이들이 많다.

"단순히 집안이 가난하다고 가출한 건가요, 그럼? 뭐, 집안에 따로 문제가 있다거나?"

그런 경우라면 충분히 잠수 탈 수 있다.

부모가 폭력적이라거나, 아니면 다른 문제가 있는 경우라면.

"없습니다. 그건 확인해 봤습니다. 가난한 집이 싫어서 가출한 타입들이에요."

"이상하군요."

그런 경우는 일반적으로 가출 기간이 이렇게까지 길어지지 않는다. 아무리 답답해서 가출한다고 해도, 결국 아무것도 없으니까.

"친구들도 모른답니까?"

"네, 친구들도 모른다고 하구요. 제가 조사할 수 있는 선에서는 최대한 조사했습니다."

"결국 문제가 있다는 건데……."

"그래서 제가 가지고 온 거구요."

은퇴하면서 다른 동료들에게 부탁해 봤지만, 동료들은 단순 가출 사건을 뭘 힘들게 조사하느냐며 아무도 들어주지 않았다고 한다.

"최종적으로 사라진 곳은 어디죠?"

"뭐, 뻔하죠. 지역 유흥가입니다."

실종자의 일부는 이미 성인이 되었다.

그런 경우라면 남자는 지역 폭력조직에 속해 있을 수도 있고 여자라면 유흥 쪽으로 들어갔을 수도 있다.

그래서 경찰은 더더욱 수사를 하지 않는 것일 수도 있고.

"가족들에게는 연락이 없는 게 확실하니 친구들부터 만나 봐야겠네요."

　노형진은 사건을 정리하면서 자리에서 일어났다.

⚖️

　"진짜로 연락이 안 된다니까요."

　학교 앞 카페에서 만난 여학생들은 짜증스럽게 말했다.

　"몇 번이나 말씀드렸잖아요, 우리랑도 연락 안 된다고."

　"진짜야? 아니, 부모님들이 너무 걱정해서 그래."

　"아니, 우리가 거짓말을 해서 뭐 하겠다고 그러겠어요. 우리한테 전화 한 번도 안 했다니까요. 진짜 전화번호 기록이라도 까 드려요?"

　자꾸 물어보니 결국 짜증을 내는 여학생들을 보면서 노형진은 아무래도 방향이 잘못되었다는 생각을 했다.

　'확실히 아이들이 거짓말을 할 필요는 없지.'

　더군다나 실종된 지 벌써 3년이 지났다.

　당연히 흐른 시간만큼 마음이 멀어지는 법이다.

　즉, 과거에는 친구였을지 몰라도 지금은 친구라고 확정할 수 없다.

　굳이 귀찮음을 감수해 가면서 감춰 줄 이유가 없는 것이다.

　"자, 진정하시고. 무태식 변호사님, 제가 한번 물어보겠습니다."

"네?"

"아무래도 질문 방향이 잘못 흘러가는 것 같아서요."

노형진은 무태식을 진정시키고 아이들에게 다시 한번 질문을 했다.

"그러면 마지막으로 연락이 왔을 때 이야기한 건 없니?"

"벌써 3년 전이라고요."

"뭐든 좋다. 너희들도 알다시피 세상이 좀 위험하니? 여자혼자 무슨 꼴을 당했을지 알 수 없어서 그래."

"끄응……."

여자들의 공통적인 공포심을 자극하는 노형진.

세상에 여자 혼자, 그것도 어린 학생이 혼자 다니는 건 힘든 일이다.

실종 당시에 중학교 3학년이었고 이제 고등학교 3학년이 되었을 아이가, 혼자 어떻게 살겠는가?

"만일 가족들에게 가지 않겠다고 하면 가족에게는 장소를 말하지 않을게."

"진짜 모르는데."

"너희들도 그래도 걱정은 되잖아."

"그건 그런데……."

결국 한숨을 푹 쉬는 아이들.

하긴, 자기들이라고 전혀 걱정이 안 되겠는가?

마음이 멀어졌다고 해도 기억에서 완전히 사라진 것은 아니니까.

"마지막으로 연락되었을 때는 가출 팸에 들어가 있다고 했어요."

"가출 팸?"

"네."

가출 팸. 정확하게는 가출 패밀리.

가출한 아이들이 뭉쳐서 다니는 것을 뜻한다.

"그게 끝이에요. 그것도 3년 전이구요."

"가출 팸이 어디에 있는지 아니?"

"모르죠. 저희가 마지막으로 들은 건 인천에 있다는 것뿐이었어요."

"인천?"

"네."

노형진이 조본서를 바라보자 그는 당황한 얼굴이 되었다.

인천은 조본서의 관할구역이 아니다. 그러니 수사를 했을리 없다.

"그 후에는 연락이 없고?"

"네."

"고맙다."

노형진은 갑자기 주머니에서 지갑을 꺼내서 아이들에게 5만 원씩 건넸다.

그러자 아이들은 눈이 휘둥그레졌다.

"더 생각나는 게 있으면 여기로 전화 주고."

"감사합니다."

아이들은 인사를 하면서 그 돈을 받아 갔다.

그런데 그중 한 아이가 갑자기 조심스럽게 입을 열었다.

"저기…… 방금 생각났는데……."

"무슨 생각?"

"가출 팸에서 일자리를 구해 준다고 했다고……."

"가출 팸에서?"

"네."

노형진은 고개를 갸웃했다.

'쉽지 않을 텐데.'

실종 당시에 중학교 3학년.

고등학교 3학년쯤 되면 잘 꾸미면 성인으로 보일 수 있다지만, 중학교 3학년은 아무리 노력해도 그렇게 되질 않는다.

특유의 젖살이 빠지지 않아서다.

"그래? 고맙구나."

노형진은 그 아이에게만 따로 5만 원을 더 건넸고, 아이는 좋다고 그 돈을 받고 떠났다.

"돈을 왜 주십니까?"

조본서는 어리둥절했다.

아이들에게 돈까지 줄 필요가 있나 해서였다.

하지만 노형진은 생각이 달랐다.

"우리는 경찰이 아니니까요. 경찰은 이야기 안 하면 처벌할 수 있지만 우리는 할 수 없습니다. 그들을 설득하기 위해서는 과거처럼 위압감이 아니라 인간적인 모습으로 다가가야 합니다. 어차피 이 정도 금액은 경비 처리할 수 있는 돈이니까요. 그리고 이렇게 돈을 주면, 아이들은 뭐든 이야기하면 대가가 온다고 생각합니다. 그러니 뭐라도 생각나면 연락을 줄 겁니다."

"탐정 노릇도 쉽지 않네요."

"탐정은 불법입니다. 사건조사관이 맞는 말이죠."

"끄응……."

조본서가 자신의 버릇을 어떻게 고치나 고민하는 그때, 무태식은 약간 걱정스러운 얼굴이었다.

"그나저나 인천의 가출 팸이라…… 이거 애매한데요."

인천은 가출 팸이 많기로 유명한 지역 중 하나다.

"거기에다 일자리라니. 아무래도 좋은 곳은 아닐 테고."

실종된 아이가 여자아이인 만큼, 가출 팸이 말했다는 일자리는 절대 좋은 곳일 수가 없다.

"망할 소아성애자들."

눈을 찌푸리는 조본서.

그도 경찰인 만큼 그 일자리가 어떤 것이었을지 알아차린 것이다.

"그럴 가능성도 분명 존재하죠."

좋게 말해서 일자리지, 소위 말하는 가출 팸이 여자애를 협박해서 성매매를 하게 하는 경우는 흔하다.

그리고 그 돈으로 먹고사는 것이다.

즉, 협박에 의한 포주가 되는 셈이다.

"그런 놈들은 모조리 죽여 버려야 하는데."

이를 박박 가는 무태식.

"일단은 인천 쪽 경찰에 한번 알아보죠. 혹시 아는 분 있으십니까?"

노형진의 말에 조본서가 고개를 끄덕거렸다.

"제 후임이 그쪽으로 발령받아서 갔습니다. 가서 한번 물어보죠. 아마 아는 게 있을 겁니다."

"그랬으면 좋겠네요."

노형진은 가능하면 빨리 그 아이를 찾을 수 있기를 바랐다.

⚖

"가출 팸요? 선배, 여기 인천이에요. 당장 시내에 나가면 가출 팸 열 개는 만나요."

후배 경찰은 고개를 절레절레 흔들면서 말했다.

"그 애들한테 질문해 봐야 대답할 리도 없고요."

"가출이 그렇게 많은가요? 대룡에서 운영하는 기숙학교도 있잖습니까?"

노형진의 말에 후배 경찰은 코웃음을 쳤다.

　"거긴 어디까지나 자기 상황을 벗어나려고 하는 애들이 가는 거고요. 아예 막장으로 가겠다고 덤비는 새끼들이 거기에 가겠습니까? 아무리 도와주려고 해도, 막장인 애들은 끝까지 막장입니다."

　"틀린 말은 아니네요."

　여러 가지 사정으로 집을 나오는 아이들도 많지만, 애초에 글러 먹은 인성을 가지고 막구르는 아이들도 분명 존재한다.

　그런 아이들은 자기 인생을 찾는 게 아니라 어떻게 해서든 편하게 먹고살려고만 한다.

　"그런 놈들은 숱하게 잡아넣어도, 나오면 또 그래요. 특히 남자 새끼들은 그러다가 아주 그냥 대놓고 폭력 조직 활동을 하죠."

　포주 노릇 하면서 편하게 먹고살다가 제대로 일하면서 살 수 있을까?

　절대 못 한다.

　"더군다나 3년 전 사건요? 답이 없죠."

　어깨를 으쓱하는 후배 경찰.

　조본서는 그의 말에 잠깐 고민하다가 혹시나 해서 물었다.

　"성매매 하는 애들 관련된 뭐 다른 고발 없냐?"

　"있겠습니까, 형님? 그걸 고발한다는 것 자체가 '저는 미성년자랑 관계한 아동 성범죄자입니다.'라고 고백하는 꼴인데."

"역시 그렇지?"

조본서는 안타깝게 말했다.

"여관 쪽은 어때요?"

"여관요?"

"네. 보통 여관 쪽에서 이런 게 이루어지는데, 좀 허름한 여관들이 몰려 있는, 장사 안되는 곳은 털어 보셨나요?"

"딱히 털지는 않았는데 왜요?"

"한번 털어 보시겠어요?"

"제가요? 하지만, 으음…….."

후배 경찰은 약간 고민했다.

권한이 없는 것은 사실이다.

하지만 인지 수사라는 것도 있으니까 못 할 건 또 아니다.

"뭐, 아시겠지만, 그런 아이들이 갈 만한 곳은 뻔하거든요."

대부분의 미성년 아이들이 갈 만한 곳은 허름한 여관이나 장사가 잘 안되는 곳이다.

그럴 수밖에 없다.

기본적으로 모텔에서 미성년자들을 받아 주는 것은 불법이고, 성매매가 이루어지는 것도 당연히 불법이다.

"장사가 잘되는 여관이라면 그 애들을 받아 줄 이유가 없죠."

경찰이 그 지역의 모텔 숫자를 알아내는 것은 어려운 일이 아니다.

"저희가 그 앞에 카메라를 설치하겠습니다. 그리고 애들이 들어가는 것만 찍으면 털어.낼 수 있지요."

경찰이라고 해서 그걸 모르는 건 아니다.

하지만 위법한 수사의 문제성도 있고, 인력 부족도 문제다.

"하지만 이 경우는 위법 사항이 아니게 되죠."

도로는 명백하게 공용 시설이고 거기에 카메라를 다는 것은 허가를 받으면 불법이 아니다.

건너편 건물주의 양해를 받으면 그 안에 설치해도 되고.

방향만 잡으면 그만이니까.

그리고 그걸 찍은 사람이 범죄행위를 인식해서 경찰에 신고하는 경우 그 증거능력은 인정된다.

"가출 팸 잡아 봐야 실적도 안 되는데. 그리고 가출 팸 잡겠다고 한다고 위에서 허가해 주겠습니까? 아무리 새론에서 도와준다고 해도 말이지요."

"가출 팸이 아니라 다른 걸 잡으면 되죠."

"다른 거요?"

"가령 아동 성범죄자라든가."

노형진은 씩 웃었고, 노형진의 말뜻을 알아들은 경찰 역시 씩 웃었다.

⚖️

"가출 수사를 아동 성범죄랑 엮어 버리다니, 생각도 못 했습니다."

가출은 가출일 뿐이라 생각했다.

그런데 아동 성범죄와 엮어 버리자 카메라 설치 허가는 쉽게 났다.

그리고 그 건너편 집주인 역시 흔쾌하게 허락을 해 줬다.

"최소한 한국에서 아동 성범죄자는 천하의 개쌍놈이거든요."

그걸 잡겠다는데 싫다고 할 사람은 없었고, 덕분에 의심스러운 모텔 앞에 몇 대의 카메라를 설치할 수 있었다.

"그리고 가출 팸이 여자애를 협박해서 강제로 성매매 시키는 건 뭐 흔한 일이니까."

가출 팸이 아니라 아동 성매매업자라고 하면 이야기는 달라진다.

"그런데 왜 저놈들을 집중 마크하시는 건가요? 가출 팸은 많은데요."

조본서는 고개를 갸웃했다.

경찰서에서 기존에 알고 있던 팸들도 있고 이번에 새로 알아낸 팸들도 있지만, 어째서인지 노형진은 그중 한 팸을 골라서 집중적으로 감시하고 있었다.

"우리의 목적은 가출 팸 그 자체가 아니니까요. 우리 목적은 어디까지나 실종자를 찾는 거 아닙니까? 그것도 3년 전."

"그런데요?"

"이 집단은 꽤 오래되었더군요."

경찰의 기록에 남아 있고 또 가출 팸을 이끄는 사람들은 성인이다.

　즉, 오래전부터 저렇게 살아왔다는 뜻.

　"서로 뭉치는 성향이 있으니 3년 전에 있던 사람도 기억할 가능성이 높죠."

　조본서는 고개를 갸웃했다.

　"쉽게 말해 줄까요? 제가 아는 한 결코 그럴 놈들이 아닙니다."

　"그래서 제가 이렇게 여기서 기다리고 있는 거 아닙니까? 후후후."

　노형진은 카메라를 보며 말했다.

　모텔에 들락날락하는 몇몇 사람들.

　몇몇 모텔은 이미 미성년자가 숙박하고 있다는 것이 확인된 상황.

　"어?"

　그런데 보고 있던 후배 경찰이 당황해서 소리를 높였다.

　"왜 그래?"

　"선배, 저거 김 검사 아니에요?"

　"응? 김 검사?"

　"기억 안 나요? 전에 그, 선배한테 일 못한다고 경찰서에서 뺨 때린."

　"어? 그 새끼네. 맞네, 맞아!"

조본서는 카메라에 드러난 남자를 보고 확신한 듯 외쳤다.

"아는 분입니까?"

"아, 전에 악연이 있었습니다."

경찰서 안에서 일 제대로 안 한다고 경찰의 뺨을 때린 안 하무인 검사였다.

그로 인해 서장과 검사장이 대판 하기도 했고 말이다.

"그 새끼가 왜 여기에 오지? 여기는 관할도 아닌데."

노형진은 씩 웃었다.

"왜 올까요?"

"……와, 씨발. 이거 대박이네, 대박. 저 새끼 옷 벗길 수 있겠네."

생각지도 못한 월척에 조본서와 후배는 씩 웃었다.

당장이라도 쳐들어갈 것처럼 구는 두 사람을, 노형진이 옆에서 진정시켜야 했다.

"영장은요? 영장이 없잖아요."

"아……."

"영장 없이 들어가면 증거능력 없죠."

"염병."

물론 나중에 소환할 수도 있지만, 현장에서 잡지 못하면 검찰은 이 정도 사건은 간단하게 덮어 버릴 수 있다.

"저거 어쩌죠?"

"어쩌긴요, 긴급 출동해야지."

"긴급 출동?"

노형진은 미소를 지으면서 전화기를 들었다.

그리고 112를 꾸욱 눌렀다.

"여보세요, 여기 ○○모텔인데요. 어떤 남자가 중학생쯤 되는 여자애를 강제로 끌고 안으로 들어갔어요."

노형진이 신고하자 경찰의 무전기가 미친 듯이 울리기 시작했다.

"영장이 없지만, 긴급 출동은 영장이 필요 없죠."

"헐."

"자, 우리 검사님께서 무슨 말씀을 하실지 두고 보자고요, 후후후."

⚖

"내가 누군지 알아!"

"알죠. 다 압니다. 그러니까 이렇게 모셔 가잖습니까? 김치 하세요, 검사님. 기자들 기다리고 있습니다."

"이런 썅!"

질질 끌려 나오는 검사의 얼굴은 말 그대로 사색이었다.

신고를 받고 긴급 출동한 경찰이 방으로 쳐들어갔을 때 그는 막 옷을 다 벗고 덮치려던 순간이었기 때문에 벗어날 수도 없었다.

"이런 방법은 생각도 못 했네요."

비록 강간 신고를 했지만 사실 강간은 없었다.

하지만 그렇다고 해서 그가 저지른 미성년자 성매매가 용서되는 것은 아니다.

"불만 있으면 저한테 따지라고 하세요."

허위 신고는 처벌 대상이 아니다.

물론 엄밀하게 말하면 업무방해 정도는 해당되겠지만, 아주 심각한 정도의 방해가 아니면 긴급 출동은 업무방해로 고발하지 않는다.

"자, 저쪽 분은 경찰서에서 알아서 하시게 두고."

노형진은 눈을 반짝거리면서 여관 주인이 있는 곳으로 향했다.

"간땡이가 부으셨네요, 미성년자 강간 방조라니."

"아니, 난 몰랐다니까!"

"그걸 말이라고 하세요? 지난 열흘간 몇 사람이 여기에 다녀갔는지 제가 알려 드릴까요?"

"……."

물론 모른다.

감시를 시작한 것은 채 사흘이 되지 않았다.

하지만 여관 주인은 제 발이 저리니까 말을 할 수가 없었다.

"미성년자한테 방 주는 거 불법인 거 아시죠? 그리고 여기서 성매매가 이루어지는 거 신고 안 하신 것도 불법인 거 아시죠?"

"저는 몰랐습니다. 진짜예요."

"저쪽에 있던 남자애들은 이야기가 다르던데요? 아저씨가 시켰다고, 그 조건으로 방 줬다고 하던데요?"

펄쩍 뛰는 여관 주인.

"아니, 그게 무슨 말이에요! 거짓말입니다! 네! 거짓말이에요!"

"하지만 저쪽에서는 그렇게 말하던데……. 저 애들 미성년자인 거 아시죠? 법원에서는 저 애들 말이 더 먹힐 겁니다. 숫자도 많고요."

"진짜라니까요!"

펄쩍 뛰는 모텔 주인.

물론 노형진이 하는 건 거짓말이다.

'나는 사법부가 아니란 말이지.'

당연히 이게 문제가 되지 않는다.

"하지만 저쪽 이야기는 다른데……."

"아이고, 검사님……."

"아, 저 검사 아닙니다. 변호사입니다."

"네?"

"일단은 피해자 측 변호사고요, 당신을 강간 교사로 고발할 거고."

물론 피해자는 그 피해자가 아니지만, 그걸 주인이 알 필요는 없다.

"변호사님! 진짜 아무것도 아닙니다! 전 그냥 숙박만 시켜준 거라고요!"

"말이 됩니까? 증인이 몇 명인데."

"진짜입니다! 진짜예요!"

"어떻게 증명하시려고요?"

"그게……."

"그러면 저쪽 애들이 뭘 했는지 고발할 수 있으세요? 당신 말도 믿을 만한지 확인해야겠습니다. 대질할까요? 아니면 여기 적으시겠어요?"

노형진은 볼펜과 종이를 내밀었고, 여관 주인은 다급하게 받아서 미친 듯이 적기 시작했다.

그걸 보면서 노형진은 속으로 미소를 지었다.

⚖️

"그래서 어떻게 할래? 너희들이 한 짓에 대한 증거는 다 있어."

노형진은 이번에는 주인이 적은 종이를 들이밀면서 가출 팸의 남자애들을 압박했다.

아니, 남자애들이라고 할 수도 없었다.

'성인이란 말이지, 이 쌍놈의 새끼들.'

노형진의 예상대로 미성년자가 아니었다.

물론 가출 자체는 미성년자 때 했지만, 가출 팸을 만들어서 여자애들을 끌어들이고 협박해서 성매매로 내몰면서 이제 성인이 되었다.

'그렇게 살던 놈이 성인이 되었다고 멀쩡하게 세상으로 나갈 리 없지.'

그러다가 이번에 걸린 것이다.

"그건……."

"어떻게 할까? 간땡이가 부었구나. 성매매도 부족해서 살인까지 해 대고."

"네? 잠깐만! 그게 무슨 말이에요! 살인이라니요! 살인이라니요!"

남자들은 당황해서 눈을 크게 떴다.

살인죄가 뒤집어씌워질 줄은 몰랐던 것.

"다 조사해 봤어, 이 새끼들아. 가출 팸에서 일자리 준다고 끌고 가서 죽여 버렸다는 증언도 있고."

"아니, 진짜 아니라니까요!"

그들은 놀라서 벌벌 떨었다.

그들도 가출한 청소년이 잡히면 없는 죄까지 뒤집어쓴다는 이야기는 들어 봤다.

그런데 자신들이 살인죄를 뒤집어쓰게 되자 말 그대로 멘붕이 온 것이다.

"웃기는 소리 하지 마. 이 애, 너희들이 데리고 갔다면서?"

노형진은 슬쩍 사라진 여자애 사진을 내밀었다.

"증인도 있어."

"아니라니까요!"

"범죄 사항이 이렇게 많은데 경찰들이 믿어 줄 것 같아?"

노형진은 모텔 주인이 써 준 종이를 살랑살랑 흔들었다.

미성년자를 받아 주는 모텔은 많지 않다.

당연하게도 그들은 한곳에서 오래 지냈고, 그래서 그들이 저지른 일을 주인은 제법 많이 알고 있었다.

"아, 미치겠네."

그들은 마음이 다급했다.

누가 봐도 자신들에게 독박을 씌우려고 하는 것 같았으니까.

"미성년자 강간 살인에 아동 성매매니까…… 아마 제법 나올 거다. 사형이 나올지도 모르지."

"헉!"

얼굴이 사색이 되는 남자들.

그들의 머리는 살기 위해 미친 듯이 돌아가기 시작했고, 노형진이 노리는 게 바로 나타났다.

"이거 유미 아냐? 유미 맞지? 유미 맞네!"

노형진은 속으로 웃었다.

'찾았구나.'

고의적으로 피해자의 이름을 말하지 않았다.

하지만 그들은 살고자 하는 절박한 마음에 기억해 낸 것이다.

"나는 이름은 말 안 했는데? 역시 너희가 죽인 거 맞구나."

노형진이 잔인하게 미소 짓자 그들은 다급하게 울부짖었다.

"아니에요! 우리 소속 아니에요! 진짜예요! 그 애, 다른 팸 소속이에요!"

"개소리하지 말고. 남자가 이끄는 가출 팸에 있다는 증언도 있었어."

"진짜예요! 팔수 형! 네! 팔수 형네 팸이었어요!"

"맞아요!"

그들은 나불나불 자신들이 아는 대로 말했고, 노형진은 고개를 끄덕거리면서 일어났다.

"그래. 일단 확인해 볼 테니, 거짓말이면 각오해."

"진짜예요! 진짜라구요!"

노형진이 그들을 놔두고 바깥으로 나오자 기다리던 경찰은 씩하고 미소 지었다.

"허허, 변호사라는 신분을 이런 식으로 써먹을 줄은 몰랐네요."

변호사는 기본적으로 피고인과 함께 있을 수 있으며 그 둘 사이의 일을 경찰은 감시하거나 녹화할 수 없다.

노형진은 그 점을 이용해서 변호사 자격으로 들어갔다.

물론 그들에게 도움을 주려고 한 게 아니라 취조를 하기 위해서였지만, 어차피 녹화나 녹음이 안 되니까.

"어차피 우리가 고발할 게 아니니 그들이 우리에게 뭘 하든 그건 의미가 없죠."

노형진은 모텔 주인이 적은 종이를 경찰에게 넘기며 미소 지었다.

"그런데 저놈들이 팔수라는 놈에 대해 말하는데, 아십니까?"

"한때 가출 팸을 이끌던 놈인데 지금은 빵에 있습니다."

"빵요?"

"퍽치기로 잡혀갔거든요. 퍽치기를 했는데 피해자가 사망했죠. 그때 팸이 무너지기는 했는데……."

노형진은 눈을 찌푸렸다.

추적이 생각지도 못한 곳에서 끊어지게 생겼기 때문이다.

"일단은 만나 봐야겠군요."

그가 유일한 희망이었으니까.

자비를 뒤집어쓴 괴물

노팔수는 강도 살해로 10년 형을 선고받고 감옥에 있었다.

그는 노형진이 내민 사진을 보고 코웃음을 쳤다.

"내 알 바 아니지."

"부모가 찾고 있습니다."

"그래서 뭐? 어쩌라고? 내가 여기서 눈물을 흘리면서 '미 안합니다.'라고 할까?"

비웃음을 날리는 노팔수.

노형진은 그를 보고 혀를 끌끌 찼다.

'망할 놈의 새끼.'

펴치기는 감옥 내에서도 인간 취급받지 못하는 죄 중 하나다.

안 그래도 비틀릴 대로 비틀린 인간이 감옥에서도 사람 취급을 받지 못하니 제대로 된 인성을 가질 수 없을 것이다.

물론 결국 자업자득이기는 하지만 말이다.

"거기에다 나 들어올 때는 멀쩡했어."

"압니다. 하지만 다른 사람들 신분은 알 거 아닙니까? 추적할 수 있게, 같은 팸에 속해 있던 사람들의 신분을 좀 알려 주시면 감사하겠습니다."

노팔수가 펙치기로 들어와 있다고 하지만, 팸이라고 불렸다는 것 자체가 소속 인원이 한두 명이 아니었다는 소리다.

당연히 남은 누군가가 계속 그들을 이끌어 갔을 테고, 설사 아니라고 할지라도 여자들끼리 넘어가는 경우가 많을 것이라는 것이 노형진의 생각이었다.

"싫은데."

빈정대면서 말을 하는 노팔수.

그의 얼굴에는 비웃음이 역력했다.

"그딴 년 어떻게 되든 내 알 바 아니지."

"그딴 년?"

조용히 듣고 있던 무태식은 발끈했다.

노형진이 자신이 알아서 한다고 해서 조용히 듣고 있었지만 보자 보자 하니 가관이었다.

"뭐, 그래서 어쩔 건데? 때릴 거야? 어? 때릴 거야? 때릴 거냐고! 쳐 봐! 쳐 보라고, 씨발 새끼야!"

아주 막장으로 나오는 노팔수를 보면서 노형진은 혀를 끌끌 찼다.

'아주 막장이네, 이거.'

물론 어느 정도 저항을 할 거라고는 생각했다.

하지만 이런 식으로 아예 막나올 줄은 몰랐다.

"아직도 세상 물정 모르네, 이거."

무태식은 짜증스럽게 말했다.

가끔 이런 인간들이 있다.

고개 뻣뻣하게 들고 기득권에게 덤비는 게 자랑스러운 일이라고 생각하는 인간들.

이런 놈들은 기존에 만든 법과 규칙은 기득권이 만든 규칙일 뿐, 자기한테는 의미가 없다고 생각한다.

"못 치지? 쳐 보라고, 이 새끼야!"

"이놈이 정말!"

발끈하려는 무태식을 노형진이 진정시켰다.

"지금 폭력을 휘둘러 봐야 손해 보는 건 우립니다."

"흥, 네놈들이 그렇지."

비웃음을 날리는 노팔수.

물론 노형진에게는 그를 제압할 방법이 있었다.

몰라서 안 한 게 아니다.

그저 그 제압 방법이 안 와서 기다렸을 뿐.

"좀 늦었네."

문을 열고 들어오는 한 남자.

그를 보고 노팔수는 다시 한번 비웃음을 날렸다.

양복에 와이셔츠 그리고 잘생긴 얼굴을 보고, 다른 변호사라고 생각했기 때문이다.

그러나.

"이쪽은 오광훈 검사라고 합니다."

"검사?"

움찔하는 노팔수.

그럴 수밖에 없다.

자신이 무슨 말을 하든 질질 끌려올 수밖에 없는 변호사와 다르게, 검사는 자신을 고발할 수 있으니까.

하지만 이내 그의 얼굴에는 자신감이 떠올랐다.

"그래서 뭐? 검사가 왔다고 내가 '아이고, 살려 주세요.'라고 하면서 빌 줄 알았어?"

"그건 안 바라고요."

노형진은 그의 어깨에 손을 올렸다.

"당신의 여죄를 조사하기 위해 왔습니다."

"여죄?"

"네. 아, 법률적 용어라 잘 모르시나요? 당신의 감춰진 죄라고 표현하는 게 좋겠네요."

노형진은 생글거리면서 미소 지었다.

그리고 노팔수의 기억을 읽기 시작했다.

그러는 사이 오광훈은 자신의 검사 신분증을 내밀었고 말이다.

"내가 무슨 죄가 있다고 그래! 어! 이거 협박이야, 협박!"

"협박은 아니죠. 여죄 조사일 뿐. 그러니까 어디 보자……
4년 전에 가출한 여자애를 강간하신 적이 있네요. 서주영이
라…… 찾아봐야겠네요. 그리고 안 걸렸던 퍽치기가 두 건이
더 있으시고, 절도도 세 건이 더 있으시고."

노형진이 죄목을 말할 때마다 노팔수는 얼굴이 점점 파랗
게 질려 갔다.

"적고 있냐?"

"아니."

앉아서 웃기만 하고 있는 오광훈.

"좀 적지, 검사인데?"

"어차피 나가면 네가 다시 말해 줄 건데 뭐 하러?"

"어디 보자, 다른 건 뭐가 있나. 학교 다닐 때 때린 애들도
있네요. 납치 폭행이라. 아주 막장으로……."

"잘못했습니다! 살려 주세요!"

노팔수는 바로 꼬리를 말았다.

아까와 다르다.

다를 수밖에 없다.

새로운 사건, 새로운 범죄.

즉 형량이 늘어난다는 뜻이기 때문이다.

지금 그의 나이를 생각하면, 서른한 살이면 출감해서 바깥

으로 나간다.

아직 뭐라도 시작해 볼 수 있는 나이다.

하지만 다른 것까지 붙어 버리면 마흔 살까지 감옥에 있게 될 수도 있다.

"왜 그러십니까, 아직 시작도 안 했는데."

"원하는 대로 다 말씀드릴게요."

"시작도 안 했다니까요."

"잘못했습니다. 살려 주세요, 제발."

노형진은 고개를 끄덕거리면서 제자리로 돌아왔다.

"좋습니다. 그러면 다시 질문을 하죠. 같이 있던 사람들의 인적 사항을 말씀해 주시겠습니까?"

"그 당시에 저희 팸은……."

평소에 지냈던 장소, 그리고 소속 멤버에 대한 정보까지 노팔수는 있는 대로 다 말했고, 노형진은 고개를 끄덕거렸다.

"감사합니다."

"제발 살려 주세요."

"당연히 살려 드려야지요. 제가 살인마도 아니고, 하하하."

웃으면서 무태식과 함께 나오는 노형진.

움직이지 않고 버티려는 오광훈까지 질질 끌고 나왔다.

"뭐야? 왜 더 안 하고?"

"해 봐야 무슨 의미가 있어? 토해 낼 건 다 했는데."

"그러면 난 왜 부른 거야?"

"왜 부르긴."

노형진은 바깥으로 나와서 찾은 자신의 가방에서, 볼펜과 종이를 꺼내어 몇 가지를 적기 시작했다.

그건 다름 아닌 노팔수의 범죄 기록이었다.

자잘한 것은 뺐지만 피해자가 존재하는 사건은 모조리 적었다.

"이거 주려고 불렀지. 사실 압박해 볼 마음으로 부른 거기도 하지만."

아주 막장인 인간이라 아예 사회에 두는 것 자체가 위험할 지경이다.

그래서 노형진은 단순히 압박이 아니라 사회의 안전을 위해서라도 그를 제대로 처벌하기로 했다.

더군다나 노형진이 적은 범죄들은 진짜로 피해자들이 발생한 사건들이다.

그들을 위해서라도 진범이 밝혀져야 한다.

"아까는 살려 준다고 하지 않으셨습니까?"

무태식은 노형진의 행동에 이해가 안 간다는 듯 고개를 갸웃했다.

마치 용서해 줄 것처럼 말하고는 털어 낸 범죄를 모조리 다 적어서 검사에게 건네다니.

"죽이지는 않습니다. 이 정도 범죄로는 사형은 안 나오거든요."

살려 준다는 것은 용서해 준다는 형이상학적인 말이 아니었다.

말 그대로 '살려는 드릴게.'라는 의미였지.

"사형은 안 당하니까 저는 거짓말한 거 아닙니다."

"허미."

"아싸."

놀라는 무태식과 쉽게 해결하겠다고 신이 난 오광훈.

"거기 가서 피해자들 특정하는 건 어려운 게 아닐 거야."

"덕분에 산다. 여기까지 온 보람이 있네."

얼굴만 비치고 강력 사건을 해결한 오광훈은 신이 나서 몸을 돌려 떠났고, 노형진은 노팔수가 말한 사람들의 신분을 혹시나 까먹을까 깔끔하게 정리해 놨다.

"그나저나 어떻게 아신 겁니까, 범죄 사실을?"

"그냥 막 찔러본 겁니다."

"네? 막 찔렀다고요? 하지만 진짜인 줄 알던데요?"

물론 진짜 있었던 일이다. 기억을 읽었으니까.

하지만 그걸 진짜라고 말할 수는 없는 노릇이다.

"가출까지 하면서 이러고 다니는 놈이 학교에서 뭔 짓을 하고 다녔을지야 뻔하지 않습니까? 소위 일진이랍시고 깡패 짓 하고 다녔겠지요."

"끄응…… 그런데 퍽치기랑 피해자 이름은요?"

"퍽치기는 어차피 더 있을 거라 생각했습니다. 퍽치기 하는 놈이 한 번만 하지 않거든요. 피해자 이름은, 그냥 기억 못 하겠다 싶어서 찔러본 겁니다. 저런 놈이 피해자 이름까지 기억해 가면서 일을 저지르지는 않으니까요. 그리고 아시지 않습니까, 소위 말하는 이런 가출 팸은 남자에 의한 강간이 내부에서 많은 거."

"그러니까 막 찔렀는데 워낙 걸리는 게 많으니까 거기에 넘어갔다?"

"그런 거죠."

"끄응…… 병신이라고 해야 하나?"

"병신 맞습니다."

인생을 그렇게 산다는 것 자체가 정상적인 인간은 아니다.

육체적인 장애나 지능적 장애가 아니라 인성이 장애인 그런 인간들은, 진짜로 병신이라고 욕먹어도 할 말이 없다.

"그나저나 제대로 기억하는 건 여자애 이름하고 전화번호뿐이네요."

"뻔하죠. 남자애들은 자기 팸에 남자애를 넣어 주려고 하지 않습니다. 사실 필요도 없을뿐더러, 까딱 잘못하면 자기 자리를 차지하려 들 테니까요."

실제로 노팔수가 적어 준 이름은 단 한 명만 빼고 모두 여자 이름이었다.

"주민등록번호를 다 모르는 게 아쉽지만."

일단 전화번호를 알아낸 사람이 있으니 그들을 설득하면,

어쩌면 그곳에서 무슨 일이 있었는지 알아낼 수 있을지도 모른다.

"과연 그 사람들이 뭐라고 할지, 일단 찾아보죠."

노형진은 그들이라면 실종된 사람을 찾을 수 있을 거라 생각했다.

그러나 상황은 점점 더 이상하게 돌아갔다.

⚖️

"실종요?"

"그래. 찾아봤거든? 그런데 여자애들은 다 실종이야. 남자애 한 명 빼고."

"미친…… 이게 정상적인 상황이라 생각해?"

"나야 모르지."

오광훈은 시큰둥하게 말했다.

"끄응…… 그렇지, 넌 모르지. 일단 정상적인 상황은 아니야. 같은 가출 팸에 있던 여자애들이 한꺼번에 사라진다는 건 상식적으로 불가능하다고. 보통 이런 사건에서 이렇게 특정 조건을 만족시킨 사람들이 한꺼번에 사라지는 걸 연쇄 실종 사건이라고 표현해."

"연쇄 실종 사건?"

"그래."

이번 같은 경우는 노팔수가 리더였던 가출 팸에 속해 있던 세 명의 여자애들이 한꺼번에 사라졌다.

노팔수의 동료이자 다른 남자 멤버는 멀쩡한데 말이다.

"더군다나 가출 시기가 똑같이 3년 전이야. 우연치고는 이상하지 않아?"

"그러면 살아남은 놈이 범인일까?"

"보통은 그런데……."

하지만 살아남은 남자가 그들을 어떻게 할 이유가 없다.

거기에다가 노형진이 노팔수의 기억에서 읽은 그 남자는 절대 노팔수에게 위협이 될 수 없는 성격이었다.

그런 성격이기에 노팔수도 받아 주었던 것이다.

그런 애가 여자애 세 명을 제압하고 살인한다?

거기에다 한 명은 그보다 나이도 많다.

"일단 만나 봐야지. 그 애가 세 명이나 되는 여자애를 죽일 이유는 없으니까."

결국 남은 한 명을 찾는 것이 관건이었다.

⚖

"팔수 형요?"

머리를 긁적거리며, 춘섭이는 어색하게 웃었다.

"알죠. 그 형이 감옥에 가고 나서 전 집으로 돌아왔거든요."

"미안한데, 그 당시에 가출한 이유가 뭐니?"

무태식은 춘섭에게 물었고 그는 한숨을 쉬며 말했다.

"제 이름요."

"응? 이름?"

"춘섭이라니, 무슨 무협지에 나오는 뜨내기 이름 같잖아요. 그것도 요즘 같은 시대에. 하도 어이가 없어서 아버지한테 물었더니 진짜로 무협지에서 따왔다더라고요. 그것도 무협지에 나오는 주인공도 아니고, 점소이? 뭐 하여간 그런 역할 이름을요."

'애아빠가 미쳤나?'

중 3이면 그런 것에 한창 예민할 나이다.

아무리 생각이 없기로서니 진짜로 그런 식으로 말을 하다니.

"이름이야 그렇다고 쳐도, 그 이름 때문에 괴롭힘당했거든요."

중학생쯤 되면 질 안 좋은 놈들이 활개를 치기 시작하고, 그들은 별거 아닌 걸 가지고 다른 학생을 괴롭힌다.

춘섭은 이름 때문에 표적이 되었고 결국 그 괴롭힘 때문에 가출한 것.

"그렇게 한 2개월 가출했는데 팔수 형이 잡혀 들어갔어요. 그래서 저도 그렇게 될까 봐 무서워서 다시 집에 돌아왔죠, 뭐."

확실히 노형진이 읽은 기억대로 범죄를 저지를 타입은 아니었다.

그걸 보고 추락하는 게 무서워서 집으로 들어왔다니.

"그 이후에는?"

"아버지가 미안하다고 이름을 바꾸자고 해서, 지금은 용선이라는 이름을 쓰고 있어요."

춘섭, 아니 용선은 흡족한 듯 미소를 지었다.

"지금은 뭐 흔해 빠진 고 3이고요."

"그러면 그 당시에 팸을 이루고 있던 사람들하고는 연락하고 지내?"

"아니요. 그럴 이유가 없어서요."

머리를 긁적거리는 용선.

"그러면 다른 세 명이 어떻게 지내는지도 몰라?"

"몰라요."

"흠……"

노형진은 생각에 빠졌다.

'다른 팸에 합류한 건가?'

그럴 수도 있다.

어쩌면 인천을 빠져나갔을 수도 있고.

변수가 너무 많아서 감도 잡지 못할 지경이다.

"아, 그런데 헤어질 때 누나가 이런 이야기를 했어요."

"누나?"

"누가 먹여 주고 재워 준다고, 오라고 했댔어요. 일거리도 준다고. 그런데 여자만 받아 준다고요."

"여자만?"

"네. 여자 기숙사라고, 춘천 쪽에 있다고 했던 것 같아요."

그녀는 용선에게 미안해했지만 용선은 그때쯤에는 이미 집으로 돌아가기로 결심한 상황이었기 때문에 미안해하지 말라고 했다고 한다.

"그래서 있는 돈 없는 돈 다 털어서 마지막으로 저녁에 조촐하게 파티 하고 세 사람은 춘천 갔어요. 네, 맞아요. 확실해요. 표 끊었거든요."

세 사람이 춘천으로 출발하는 버스에 몸을 싣는 것을 본 후에 그는 다시 집으로 왔다고 한다.

"그 이후에는 전혀 본 적이 없어요."

"춘천이라……."

춘천이라니, 전혀 예상하지 못한 지명이었다.

사실 3년 전에 뜬금없이 춘천으로 간다고 사라졌다면, 사실상 지역 경찰이 찾을 수 있는 방법은 없다.

광역수사대가 있기는 하지만 그들이 가출 사건을 조사할 가능성은 전혀 없다고 봐야 한다.

"춘천은 전혀 들어 보지도 못했습니다."

조본서는 고개를 흔들었다.

자신이 사건을 수사하면서도 한 번도 연관되어 있다고 생각한 적이 없으니까.

"당연한 겁니다. 가출한 애들이나 소위 말하는 팸을 구성하는 애들이 경찰에게 우호적이지는 않으니까요."

여러 가지 악연이 엮였다고 해야 하나?

경찰은 가출한 아이들을 그냥 질 나쁜 깡패 새끼들이라고 생각하는 경우가 많고, 가출한 애들은 경찰을 짭새라고 비하한다.

결국 그 두 가지 상황이 맞물리면서 가출한 아이들은 법의 보호 바깥으로 내팽개쳐지는 셈이다.

"춘천이라……."

곰곰이 생각하는 조본서.

노형진은 그런 그를 바라보다가 문득 이해가 안 가는 부분이 생겨 다시 용선에게 물었다.

"그런데 말이다."

"네?"

"누가 연락을 해 온 거니?"

"연락요?"

"그래. 일자리를 준다고 여자애들더러 오라고 한 사람 말이야."

"아, 소문이 돌았어요. 팸 사이에서요."

"팸 사이에?"

"네. 춘천에 가면 기숙형 회사가 있는데, 거기서 여자애들만 받아 준다고."

순간 노형진의 눈이 저절로 찡그러졌다.

"이거 어쩌면…… 생각보다 사건이 커지는 걸지도 모르겠는데요."

노형진의 말에 조본서는 당혹감을 감출 수가 없었다.

"기본적으로 기숙형 공장은 존재합니다."

그건 실제로 존재한다.

그리고 정상적인 곳이라면 기숙형 공장에 남녀가 같이 사는 경우는 없다고 봐야 한다.

"하지만 기숙형 공장은 미성년자는 안 받아 줍니다. 받아줄 수가 없지요."

노형진은 심각하게 고민되는 얼굴로 말했다.

"어떻습니까, 고 팀장님. 좀 알아보셨나요?"

"네, 확실히 그런 소문이 있기는 했다더군요."

"소문이 있기는 했다……."

"네. 몇몇 애들이 기억하더군요. 들어 보니 소문이 돌 때 전화번호도 같이 돌았답니다. 사실 소문만 듣고 무작정 춘천까지 가는 건 무리였을 테니."

"그런데요?"

"그런데 1년 정도 지나서 해당 번호가 사라졌습니다. 지금은 전혀 엉뚱한 사람에게 연결되더군요."

"사라졌다?"

"네. 핸드폰 번호였는데, 지금은 어떤 아가씨가 쓰는 중이라고 하더군요. 그 번호를 받은 지 8개월 좀 넘었답니다."

"여러모로 말이 안 되는군요."

"아무래도 대포폰이었지 싶습니다."

대포폰 중에서 소위 선불폰이라고 하는 것들은 일정 기간 동안 돈을 내지 않으면 번호가 취소된다.

그리고 그런 선불폰은 추적이 쉽지 않다.

"노 변호사님 말씀대로 춘천 지역에서 해당 기업들을 조사해 봤는데, 그런 식으로 운영되는 기업은 없습니다. 여자만 받는 곳이 있기는 하지만 그건 어디까지나 기숙사의 문제 때문이지요. 하지만 그들도 미성년자는 절대 받지 않는다고 합니다."

심지어 고등학생도 아니고 중학생들이다.

중학생은 편의점에서조차 쓰지 않으려고 하는 것이 현실이다.

법적으로 그들을 쓰기 위해서는 부모의 동의가 있어야 한다.

그런데 가출한 여자애들을, 일자리를 준다고 데리고 간다?

그건 여러모로 말도 안 된다.

"그리고 그런 기업이 있다는 흔적도 없고요."

"그래서 그 주소지는요?"

"정보가 없습니다. 그 당시 일을 기억하는 사람들 말로는, 전화를 주면 주소를 알려 준다고 했답니다."

노형진은 조본서를 바라보았다.

"경찰은 이런 사실을 알고 있었습니까?"

"아니요. 알았을 리 없죠."

가출한 청소년들 사이에서만 알음알음 돌았던 소문이다 보니까 경찰이 알 리 없었다.

"그리고……."

고문학은 보고서를 한 장 넘기면서 눈을 찌푸렸다.

"아무래도 노 변호사님이 걱정하는 그쪽 일이지 싶습니다."

다들 얼굴이 어두워졌다.

특히 무태식은 지그시 입술을 깨물고 있을 정도였다.

"역시 납치가 연관되어 있는 건가요?"

"네. 노 변호사님이 좀 알아보라고 해서 각 지역을 돌아다니면서 조사를 좀 했습니다만……."

가출 청소년들이 모이는 곳은 비슷비슷하다.

그들도 안전을 생각하기 때문에 유흥가로 모인다.

질이 나빠서 유흥을 즐기기 위해 모이는 게 아니라, 근처에 사람들이 많아야 안전하다는 걸 알기 때문이다.

그리고 유흥가 외의 지역에 여관이 많은 것도 아니기 때문에 어쩔 수 없는 부분도 있다.

"각 지역마다 비슷한 소문이 돌았던 곳이 있더군요."

다른 것은 전화번호뿐, 내용 자체는 비슷했다.

특정 지역에 가면 여자들에게만 기숙사를 제공하는 회사가 있다더라.

그곳에 가면 먹여 주고 재워 주고 일거리도 준다더라.

"가출을 한 여자애들이 할 수 있는 일은 많지 않지요."

성인이라면 식당에서 아르바이트를 하든 편의점에서 아르바이트를 하든 뭐든 하겠지만, 중고생이 얻을 수 있는 일자리는 거의 없고 설사 있다 하더라도 거의 100% 부모의 동의서를 요구한다.

"그리고 가출 팸이라는 것도 사실 믿음직한 곳이 못 되고."

진짜로 서로 뭉쳐서 지금 상황을 이겨 내려고 하기보다는, 상당수의 팸이 남자애들이 여자애들을 등쳐 먹으려고 만들어지는 경우가 많다.

쉽게 말해서 남자애들은 여자애들에게 안전을 제공하고 여자애들은 그들에게 돈을 공급하는, 일종의 포주와 창녀 같은 관계로 운영되는 셈이다.

"막장으로 떨어진 애들이 아니면 최소한 자기들이 먹고살 수 있는 방법을 찾으려고 할 테고."

그런 상황에서 기숙제 공장은 상당히 구미가 당기는 일거리이기도 하다.

"주소를 하나 받아 내기는 했는데……."

"주소를요?"

"네. 다행히도 한 명이 기억해 냈습니다. 다만 춘천은 아니고 영월 쪽인데요."

머리를 긁적거리는 고문학.

"말 그대로 허허벌판입니다."

"허허벌판이라……."

"아무것도 없습니다. 물론 주변에 공장 단지가 있기는 한데."

"안 봐도 뻔하군요."

가출로 처리된 아이들.

그 아이들이 자발적으로 지방으로 이동하면, 경찰이든 가족이든 추적할 수 있는 방법이 없다.

정작 아이들이 도착한 곳은 아무것도 없는 허허벌판.

사람도 없고 CCTV도 없는 그런 곳.

"그런 곳에서 납치 사건이 벌어졌다 해도 당연히 아무도 모르겠죠."

"성 노예 사건이라고 봐도 무방할 것 같군요."

노형진은 심각한 얼굴로 탁자를 두들겼다.

"단순히 미결 사건이라 생각했는데."

조본서의 얼굴은 시커먼 색으로 변했다.

자신은 그저 안쓰러운 마음에 부탁한 것이다.

그런데 파고들다 보니 이건 심각한 규모로 사건이 커져 가고 있었다.

"법의 허점을 이용한 범죄자들은 많죠. 접수 기록에 단순 가출로 적혀 있으면 경찰들은 절대 조사 안 합니다."

거기에다 '가출=불량 청소년'이라 생각하기 때문에 주변에서도 도움을 거절하는 경우가 많다.

"그런 아이들을 노리는 범죄자가 없으라는 법은 없지요. 사실…… 생각해 보면 이런 사건이 한국에서 발견되지 않은 게 이상한 일이기는 합니다."

미국도 일본도 유럽의 선진국이나 심지어 중국도, 남자가 학생이나 여성을 납치하여 성 노예로 삼아 집에 감금하는 사건이 제법 많다.

그런데 유독 한국만 지금까지 그런 범죄가 없었다.

"한국 사람들이 기본적으로 선량한 것은 맞지만, 그렇다고 해서 범죄자들도 모두 선량한 건 아니거든요. 실제로 중국에서 소녀들을 납치해서 성 노예로 판매하려고 했던 사건도 있었고."

그 사건도 노형진이 해결했다.

그 점을 생각한다면 성 노예의 수요가 아주 없는 건 아니라는 소리였다.

"결국 그들이 다른 방법으로 피해자들을 확보할 수 있다는 의미군요."

무태식은 주먹을 부들부들 떨면서 말했다.

"아무래도 우리가 생각지도 못한 범죄 조직을 발견한 것 같은데. 고 팀장님, 관련 증거는 전혀 없나요?"

"많지는 않습니다."

그런 식으로 소문이 난 것은 10년 전부터다.

10년 전부터 이런 일이 발생한 게 아니라, 10년 전부터의 이야기만 확인이 가능했다. 그 전은 확인이 불가능했고.

당연하게도 그 소문을 듣고 움직인 아이들의 숫자는 측정이 불가능하며, 그 배후에 누가 있는지 알아내는 것도 불가능했다.

"경찰에 신고해 볼까요?"

고문학의 말에 노형진은 고개를 흔들었다.

"이번 사건에서 경찰은 뺍니다."

"네? 하지만 그러면 일이 진척이 안 될 건데요."

"아, 아예 배제한다는 게 아닙니다. 우리 쪽 검사들을 끼고 그들의 명령으로 경찰을 동원하는 방향으로 가야 우리 실적이 돋보입니다."

물론 경찰들 입장에서는 입이 댓 발은 나오겠지만, 어쩔 수 없다.

그래야 더 많은 피해자들이 찾아올 테니까.

어차피 경찰은 손을 놔 버렸기 때문에 애초에 경찰에 찾아가도 피해자들이 도움을 받는 것은 불가능하니, 어쩔 수 없다.

"하지만 이런 식이면 어떻게 찾죠?"

아마도 이런 허허벌판으로 부르는 데에는 두 가지 목적이 있을 것이다.

하나는 소리 소문 없이 납치하는 것, 다른 하나는 경찰의 수사를 방해하는 것.

만일 경찰 같은 게 뒤에 붙는다고 하면, 허허벌판에서는 티가 확연하게 날 수밖에 없을 테니까.

"더군다나 그곳들은 대부분 지금은 운영하지 않아서요."

한 지역에서만 그런 소문을 내는 게 아니다.

각 도시를 돌아다니면서 짧게 그런 소문을 내고 여자애들을 끌어들이고 잠수를 타는 것.

그게 고문학이 발견한 패턴이었다.

"제가 인맥이 있는 쪽만 알아냈으니 다른 곳에서 또 다른 범죄 사항이 있을 수도 있죠."

점점 커지는 규모에 입술을 깨무는 조본서.

"제가 좀 더 빨리 알아챘다면……."

"빨리 알아챘다고 해도 경찰의 구조를 봐서는 제대로 수사를 진행하기 힘들었을 겁니다. 그리고 그 정도의 규모를 가진 범죄 조직이라면 아마 내부에 무슨 선이 있을지도 모르고요."

"선요?"

"아무리 가출한 애들을 노리고 하는 거라지만, 너무 오래 안 걸렸잖습니까?"

"끄응……."

그들이 여러 지역을 돌아다니는 것도 문제지만, 그들을 비호하는 누군가가 있을 가능성도 충분하다.

"다른 누군가가 들어가야 하나요?"

무태식의 말에 노형진은 고개를 흔들었다.

"위험합니다. 그들이 눈치챌 수도 있어요."

"어째서요?"

"우리가 투입할 수 있는 건 성인입니다."

"아아."

하지만 그들이 지금까지 납치한 사람들은 대부분 중학생이나 고등학생쯤 되는 어린아이들이다.

아무리 어리게 꾸민다고 해도 성인인 것이 드러나면 그들이 의심을 하지 않을 리 없다.

"그리고 그들을 잡고 나면 분명히 꼬리를 말고 튀는 놈들도 있을 겁니다. 아시겠지만 판매라는 것은 수요가 있어야 가능한 것이기 마련이거든요."

그들이 어린 여자애들을 납치해서 인신매매를 한다는 것은, 반대로 말하면 누군가는 그런 아이들을 원한다는 말이다.

"그러면 어떻게 그들을 잡으란 말입니까? 그 애들이 어디에 있는지도 모르는데."

"알 수도 있는 사람이 있지요."

"알 수도 있는 사람?"

"네. 아동 성도착자라면 그들에 대해 알 수 있을 겁니다. 특히나 이런 성 노예의 특성을 생각하면, 집이 없는 사람은 유지할 수가 없거든요. 당연히 어느 정도 재산이나 지위가 있는 사람이 알 겁니다."

"그런 사람들 중에서 누가 그런 줄 알고요?"

안타깝게 말하는 조본서.

노형진은 그런 그를 보면서 미소를 지었다.

"딱 한 사람, 그런 사람을 알고 있습니다."

"알고 있다고요?"

다들 미심쩍은 표정이 되었다.

쉽게 말해서 노형진이 아동 성도착자를 안다는 뜻인데, 노형진의 성격을 생각하면 그런 미친놈과 교류한다는 것은 상상도 못 할 일이었으니까.

하지만 노형진의 다음 말에 다들 아차 싶었다.

"저만 아는 게 아니죠. 여기 계신 다른 분들도 아시는 분입니다."

"네?"

"우리의 김 검사님이 계시지 않습니까? 후후후."

⚖

김 검사, 정확하게는 김요중은 피곤한 얼굴로 맞은편에 앉아 있었다.

"거래를 하는 겁니다, 검사님들."

노형진은 미소를 지으면서 그와 그의 동료 검사를 바라보았다.

"검사님들이 이 사건을 어떻게 해서든 덮으려고 하는 건 알고 있지요. 하지만 저는 언제든 이걸 언론이나 여성 단체에 넘겨줄 수 있습니다."

현직 검사, 그것도 낮은 직급도 아닌 부장검사가 여자 중학생의 성매매를 위해 접근했다가 현장에서 경찰에 검거된 상황.

검찰 입장에서는 엄청나게 부담스러울 수밖에 없었고, 어떻게 해서든 기사화를 막기 위해 사방에 힘쓰는 수밖에 없었다.

"검사한테 거래를 요구하다니, 미쳤군."

김요중 옆에 있는 검사가 비웃음을 날렸다.

하지만 노형진은 그에게 그들의 처지를 인식시켜 줬다.

"그러면 이 사건을 언론에 까발릴까요? 그것도 검찰이 사건을 은폐하려고 했다는 사실까지 붙여서?"

"뭐요?"

"설마 검찰에서 사건을 은폐하려고 하는 걸 제가 몰라서 그냥 뒀다고 생각하십니까?"

사건을 무조건 까발리는 것이 능사가 아니다.

물론 진실을 밝혀야 하는 경우도 있지만, 때로는 더 큰 놈을 노리기 위해 작은 범죄를 못 본 척하는 것도 수사의 기법이다.

"당신들만 잔챙이를 풀어 주고 대어를 노리라는 법 있습니까?"

노형진은 실실 웃으며 말했다.

"어느 쪽이 더 문제가 될까요? 현직 부장검사가 아동 성매매를 시도했다? 아니면 검찰청 차원에서 부장검사의 아동 성매매를 은폐했다?"

"크윽."

전자라면 개인의 치부일 뿐이다.

하지만 후자라면 검찰 전체의 비리가 된다.

"증거 있어? 증거 있느냐고!"

"증거?"

노형진은 씩 웃으면 몇몇 사람들의 이름을 언급했다.

"새빛일보의 조 기자와 유주일보의 박 기자 그리고 경수일보의 한 기자, 기타 총 열 명 정도의 기자들이랑 이야기가 되어 있지요. 전화해서 읍소하셨다면서요? 제발 기사로 내지 말아 달라고."

얼굴이 새파랗게 변하는 검사.

'물론 뻥이지만.'

검찰의 구조는 뻔하다.

이런 데서 협상을 주도하는 인간이 아래에서 사건을 은폐하지는 않는다.

당연히 다른 사람들이 전화를 했을 테고, 그들이 누구누구에게 전화했는지 눈앞의 검사가 다 알지는 못한다.

"증거? 증거야 있지요."

노형진은 녹음기를 틀었다.

그러자 그 안에서 흘러나오는 목소리.

　

　—조 기자님. 진짜 한 번만 넘어가 주세요.

　—이게 넘어갈 일입니까? 계장님. 아동 성매매예요, 아동 성매매!

　—그러니까 제가 이렇게 부탁드리는 거 아닙니까?

　—아니, 피해자는 고작 중학생이라고요!

　—압니다. 아니까 읍소드리는 겁니다. 한 번만 부탁드립니다. 이거 터지면 위에서 다칠 사람이 많아서 그래요.

　

거기까지 틀어 준 노형진은 슬쩍 녹음기를 회수했다.

"다른 녹음본도 틀어 드릴까요?"

"크흑."

물론 이것도 조작이다.

하지만 이들은 확인할 방법이 없다.

설사 녹음이 조작이라고 확신한다 할지라도 부장검사의 아동 성매매 자체는 사실인 이상, 이게 세상에 공개되면 사람들은 진실로 받아들일 수밖에 없다.

"거래를 요구하는 게 아직도 미친 짓이라고 생각하십니까? 아, 그리고……."

노형진은 씩 웃으며 자신의 뒤쪽을 가리켰다.

"웃으세요."

"이런 쌍!"

거기에 매달려 있는 작은 카메라를 본 검사는 자신도 모르게 욕설을 토해 냈다.

"사건을 은폐해도 여기 계신 검사님은 충분히 날려 드릴 수 있는데요."

현장에 협상하러 나왔다는 것 자체가 심각한 문제가 될 수밖에 없으니까.

"거래 안 하시게요? 하긴, 변호사 나부랭이가 검사한테 어떻게 감히 거래를 요청하겠습니까? 그냥 깔게요."

노형진이 일어나려고 하자 김요중은 그런 그를 다급하게 잡았다.

"제발…… 제발…… 부탁이네."

"부탁하는 자세가 안 되신 것 같은데요?"

"제발…… 부탁입니다."

아무리 그라고 해도, 아동 성범죄자 타이틀을 달고 나가서 변호사 노릇을 할 수는 없다.

팔이 안으로 굽는다고 하지만, 그것도 어디까지나 외부에 드러나지 않았을 때의 이야기다.

"뭘 원하는 겁니까?"

결국 검찰은 인정할 수밖에 없었다.

노형진에게 끌려갈 수밖에 없다는 것을.

"간단합니다. 흔하게 있는 일이죠."

"흔하게 있는 일?"

"아까도 말씀드렸잖습니까? 잔챙이는 놓아주고 대어를 노리는 건, 검찰이나 경찰도 흔하게 하는 일 아닌가요?"

사실 아동 성매매라고 하지만 합의가 된 이상 그리고 부장 검사라는 타이틀이 있는 이상, 그가 받을 수 있는 처벌은 무척이나 약하다.

아동 강간이 아니라 합의에 의한 관계, 그것도 미수니까.

검찰에서 잘리기는 하겠지만, 현실적으로는 그냥 나가서 변호사 하면서 살면 그만이다.

그래서 노형진이 그가 아니라 검찰 자체를 노린 것이고 말이다.

"대어라 하면……."

"인신매매 단체."

이야기를 듣던 검사의 얼굴이 새파랗게 변했다.

단순히 아동 성범죄 관련 협상을 하기 위해 나온 거라 생각했다.

그런데 들어 보니 나라가 뒤집어질 정도의 사건이다.

"우리 조건은 간단합니다. 우리를 도와주시죠. 그리고 우리가 지정한 검사들에게 사건을 배당해 주세요."

"으음……."

"날로 먹으려고 하지 마시고. 싫으시면 이거 까고 그대로 진행하고요."

눈을 데굴데굴 굴리는 검사.

하지만 이미 결판은 나 있는 협상이었다.

'어쩔 수 없겠지.'

이 거래를 받아들이면 노형진이 밀어준 사람들은 소위 말하는 스타 검사가 된다.

스타 검사는 검찰의 이미지에도 도움이 많이 된다.

물론 그들은 새론 라인이기 때문에 그들의 영향력이 커지는 효과도 있겠지만…….

'하지만 거절하면?'

당연히 이 사건이 외부로 나갈 테고, 사건이 엮여서 터지면 검찰에서 인신매매 조직을 은폐하려고 했다는 의심을 받기 딱 좋다.

설사 아니라는 게 증명된다고 해도, 검찰이라는 조직이 받을 충격은 절대 작은 게 아니다.

'우리 소속 검사들의 세력을 늘려야지.'

노형진이 원하는 스타 검사와 스타 변호사의 콜라보.

그게 유명해질수록 새론의 사회적 영향력은 점점 커질 것이다.

"끄응, 그런 조건을 달려고 한다면 불리한 조건이 있을 텐데."

노형진이 내건 조건은 검찰에 유리하다.

당근이 있다면 채찍도 있는 법.

그 채찍이 어떤 건지 알아야 한다.

"간단합니다. 김요중 검사님, 아동 성도착증 환자들에 대해 잘 아시죠?"

"……!"

살짝 당황하는 김요중.

"그중에서 의심스러운 사람 있습니까?"

"전혀요."

"그래요? 그 이야기를 듣고도 의심스러운 사람이 없다고요? 그러면 뭐, 협상할 일도 없겠군요."

노형진이 자리에서 일어나자 김요중은 당황했다.

그리고 다른 검사는 그런 그의 옆구리를 찔렀다.

"김 검사, 지금 남 걱정하게 생겼어?"

"하지만 검사장님."

"우리가 지켜 줄게! 걱정하지 마."

김요중은 입술을 깨물었다.

물론 거짓말인 거 안다.

지금이야 지켜 준다고 하지만, 자신이 나가면 그때는 못 본 척할 거라는 것도.

"김 검사도 이거 커지면 문제야. 알지?"

"크윽……."

고민하는 김요중에게 노형진은 쐐기를 박았다.

"그러고 보니 따님이 있으시죠? 두 분 다 중학생이었던 같은데."

"너, 너, 너……."

"너라니요. 협상을 하는 대상에 대해 잘 아는 건 기본 아닙니까? 그런데 어때요? 중학생이랑 할 때, 딸 얼굴 생각하시면서 합니까?"

"이 개새끼!"

"개새끼? 당신이야말로 개새끼지. 어디 개새끼가 사람 새끼보고 개새끼래? 최소한 난 사람 노릇을 하고 있는 거고! 넌 개처럼 아무하고나 붙어먹고 있는 거고!"

노형진이 거칠게 공격하자 김요중은 할 말이 없었다.

단순히 처벌을 약하게 받을 수는 있다.

하지만 자신의 범죄 사실을 중학생 딸들이 안다면 자신을 어떤 눈으로 바라볼까.

"좋게 은퇴하실래요, 아니면 막장으로 굴려 드릴까?"

김요중은 눈을 질끈 감고 말했다.

"몇 사람이 의심스러워."

몇몇이 별장을 가지고 있는데 그곳은 사람들이 접근할 수 있는 곳도 아니고, 말이야 별장이라고 하지만 생각보다 자주 찾아간다는 것.

"그들이 누구인지 말해 주면 되나?"

"아니요. 그것만으로는 안 되죠."

그들에 대해 조사를 하면 당연하게도 납치를 하던 놈들은 어디론가 사라질 것이다.

그걸 막기 위한 방법은 하나뿐이다.

"당신이 나서서 여자애 몇 명만 사 와요."

"사 오라고?"

"서로 소아성애자인 건 알 테고, 당신이 뭐 깨끗한 인간이 아닌 건 그들도 알 테고."

"⋯⋯."

"별장 하나 구해 드릴게요. 그러면 핑계가 되겠지요?"

노형진의 계획은 간단했다.

이미 그들 사이에서 소아성애로 소문난 김 검사를 이용해 내부로 파고드는 것.

거래 현장을 덮치면 충분히 잡을 수 있기 때문이다.

"그리고 그들이 잡히면 그 애들이 다 어디로 갔는지 알 수도 있겠지요."

검사장은 지그시 김요중을 바라보았다.

받아들이라는 의미였다.

결국 스타 검사는 자신의 아래에 있는 사람들이고, 그 인사고과는 자신이 받는다.

그리고 그럴수록 자신의 미래는 탄탄해진다.

'어차피 나가리 된 김요중의 인생이야 알 바 없으시겠지.'

김요중은 결국 고개를 끄덕거릴 수밖에 없었다.

스타 만들기

　"성공했답니다."

　무태식은 상기된 얼굴로 말했다.

　이번 사건의 스타 변호사는 무태식이 되어야 하기 때문에 사건의 전반은 무태식이 이끌고 있었다.

　"접촉해서 소개를 받기로 했답니다."

　"빙고군요, 후후후."

　자신의 계획대로 되어 가자 노형진은 미소를 지었다.

　그런 그를 보면서 무태식은 미안한 얼굴이 되었다.

　"그나저나 사건을 해결하신 건 노 변호사님인데 제가 이래도 되는 건지……."

　"뭐가요?"

"공적을 가로채는 것 같지 않습니까?"

"아아, 그것도 큰 그림이니까 걱정하지 마세요."

"큰 그림요?"

"저는 이미 유명합니다. 그런데 이런 사실상의 탐정업을 하려면, 저만 유명한 게 아니라 '우리'가 유명해져야지요."

그러기 위한 존재가 바로 스타 변호사다.

그들이 나서서 사건을 해결하고 억울한 사람들을 풀어 줄수록, 사람들은 이곳으로 몰리기 마련이다.

"장기적으로 우리는 스타 변호사를 여럿 키워야 합니다. 그래야 법률계에서 우리의 입김이 강해집니다. 지금처럼 저만 잘나가는 건 사실 한계가 있지요."

"그건 그런데……. 어떻게 보면 대단하십니다."

다른 사람들은 한 치의 공적이라도 빼앗기지 않기 위해 발악을 하는데 노형진은 그걸 가볍게 놔 버린다.

'뭐, 전이라면 모르겠지만.'

하지만 한번 죽어 봤으니 그러한 스타라는 개념이 얼마나 허망된 것인지 알 것 같았다.

스타라는 말에 취한 채 정작 제대로 일도 하지 않는 사람들이 얼마나 많은가?

"뭐, 저야 충분히 유명하니까요. 그런데 거래는 어떻게 한답니까?"

"사진을 들고 온답니다."

"사진요?"

"네. 뭐 경매 같은 걸 할까 싶었는데…….."

아무래도 그런 식으로 하다가는 걸리면 한꺼번에 털리기 때문에 사진으로 거래를 하는 모양이었다.

"더럽네요. 무슨 메뉴판에서 메뉴 고르듯 한다는 거 아닙니까?"

조본서는 구역질이 난다는 듯 말했다.

"경찰 생활을 오래 했지만 그런 더러운 놈들이 아직도 그렇게 활개치고 다닌다니."

"아마 경찰이 인지하지 못하는 사건은 엄청나게 많을 겁니다. 기본적으로 경찰은 신고가 들어오는 경우에만 수사하니까요."

거기에다 지금같이 다른 사건이 앞에 끼어 있어서 감춰진 거라면 더더욱 수사는 물 건너가는 셈이다.

"사진으로 고를 수는 있는데 추적하는 게 문제군요."

이런 식으로 용의주도하게 움직이는 놈이 추적을 피하기 위해 움직이지 않을 리 없다.

아마도 미행을 막기 위해 내부에서도 빙빙 돌거나 할 것이다.

"뭐, 간단합니다. 추적기를 붙이면 되죠."

"그게 쉬울까요? 저라면 한 명은 차에 남아서 감시할 텐데요."

노형진은 손을 까딱까딱 흔들었다.

"이 세상은 돈이 지배합니다. 돈만 있으면 뭐든 할 수 있지요.”

“뇌물이라도 주시려는 겁니까? 그놈이 자기 인생 망칠 걸 알면서 돈을 받을까요?”

고개를 갸웃하는 무태식.

노형진은 고개를 흔들었다.

“아니요. 그건 아닙니다. 다만 그들의 움직임을 제한하면 됩니다.”

“움직임을 제한한다?”

“네. 그들이 움직일 공간을 제한하면, 그들은 우리가 원하는 대로 움직일 수밖에 없습니다. 후후후.”

⚖

며칠 뒤 시골에 있는 별장 안으로 한 대의 세단이 미끄럽게 들어왔다.

“늦었습니다.”

차에서 내린 남자는 입구에 서 있던 김요중에게 고개를 숙여서 인사를 건넸다.

“괜찮네. 그나저나 미안해서 어쩌지, 집이 개판이라……. 산 지 얼마 안 되었거든.”

집의 정원은 말 그대로 공사장으로 변해 있었다.

한쪽은 정원수를 심는 공간이 있었고 한쪽은 수영장을 만드는 듯 깊이 파여 있었다.

"다 그런 거죠. 사실 있는 분들이야 다 이렇게 사십니다."

남자는 아무렇지도 않게 웃으면서 주변을 둘러봤지만, 그의 눈에는 의심이 가득했다.

하지만 워낙 공사판인지라 주변에 의심스러운 것은 하나도 보이지 않았다.

숨을 수 있는 공간 자체가 없었으니까.

"왜 그러나? 내가 의심스러운가?"

"아, 죄송합니다. 일이 일이다 보니까요."

"뭐, 내 취미가 권장할 만한 건 아니지."

"그러면 거래 전에, 일단 들어가 볼까요?"

"어딜 말인가?"

"보관실로 쓰실 만한 곳이 있나요?"

김요중은 얼굴이 딱딱하게 굳었다.

그 안에 누군가 숨어 있어서?

아니다.

노형진의 예측이 정확하게 맞아떨어졌기 때문이다.

분명히 사람을 가둬 둘 만한 공간을 찾을 거라고 했다.

"여기를 내가 왜 골랐겠나. 이 뒤쪽으로 지하실이 하나 있네. 원래는 외부 와인 저장고였던 것 같은데……."

말하면서 김요중이 남자를 안쪽으로 이끌자, 그는 차를 돌아보면서 소리쳤다.

"주변 확인 잘하고 있도록!"

"네, 형님!"

운전사로 보이는 남자는 차에서 내려 주변을 감시하기 시작했고, 남자는 김요중을 따라 안쪽으로 들어가 지하로 내려갔다.

"입구가 구석진 곳에 있네요."

"사람이 자주 들락날락하면 와인 보관에는 좋지 않거든."

"입구에 문 하나 달면 문제가 되지 않겠군요."

그는 흡족한 얼굴로 아래로 내려갔다.

그리고 지하에 있는 넓은 와인 저장고를 보고 미소를 지었다.

"한 30평쯤 되는 것 같네요."

"그래."

"상품들을 두기에는 아주 좋은 환경이군요. 좋은 주인이 되시겠습니다."

그는 고개를 끄덕거렸다.

사실 이런 공간을 확인하는 것은 필수적인 과정이다.

그래야 혹시나 외부에 드러나는 것을 막을 수 있기 때문이다.

그리고 수사를 확인하는 데에도 중요하다.

경찰이 이런 시설까지 지원해 주면서 수사하지는 않으니까.

"이쪽으로는 샤워실과 목욕탕을 만들 걸세. 이쪽에는 침실을 만들어 줄 거고."

"침실은 몇 개 만드실 겁니까?"

"그…… 글쎄."

김요중은 침을 꿀꺽 삼켰다.

그 말은 몇 명이나 사겠느냐는 말이기 때문이다.

"한…… 세 개 정도면 되지 않을까?"

"그러면 방을 따로 세 개 만드십시오. 뭉쳐 있으면 상품들이 뭔 짓을 할지 모르거든요."

"아, 그래? 알겠네."

"그러면 상품을 보시겠습니까?"

김요중을 따라 다시 위로 올라온 남자는 제법 두툼한 서류철 두 개를 꺼냈다.

"파란 건 뭐고 빨간 건 뭔가?"

"파란 건 새 상품이고 빨간 건 중고입니다."

"중고?"

"네."

그 말을 알아들은 김요중은 평온한 미소를 지으려 애쓰면서 사진을 펼쳤다.

⚖

그 시각, 운전사는 차량 옆에서 눈을 부라리고 누구도 접근하지 못하게 하고 있었다.

그러나 그는 사방을 둘러보느라고 생각하지 못한 것이 있었다.

'주변을 둘러보고 있으면 아래는 신경을 안 쓰는 법이지.'

주차된 차량 아래, 자갈과 흙으로 덮인 길의 일부였던 곳이 살짝 열리더니 손이 불쑥 튀어나왔다.

'결국 갈 곳이 정해지면 거기로 갈 수밖에 없고.'

그 손의 주인은 다름 아닌 노형진이었다.

공사를 빌미로 사방을 다 파 둔 덕분에 차를 댈 만한 공간은 이곳밖에 없었기에, 그들은 자연히 이쪽으로 향했다.

그 아래에 작은 공간을 만들어 숨어 있던 노형진은 그들의 차 아래에 어렵지 않게 작은 추적 장치를 달았다.

그리고 다시 그 작은 공간의 문을 닫았을 때, 현관의 문이 열리면서 두 사람이 나왔다.

"좋은 거래 감사합니다. 그러면 돈은 그때 일시불로 지급하시는 걸로 알겠습니다."

"좋은 상품으로 부탁하네."

"저희는 정직과 신용으로 거래합니다. 공사를 해 줄 사람을 조만간 보내 드리지요."

깊숙이 고개를 숙인 남자는 차로 다가왔다.

"이상은?"

"없습니다, 형님."

"가자."

"네, 형님."

운전사는 남자를 태우고 그곳을 떠났다.

그들이 멀어지고 나서야 노형진은 지하의 공간에서 기어 나왔다.

"어떻게 되었습니까?"

"하아……."

김요중은 손을 부들부들 떨고 있었다.

자신이 비록 아동 성도착자이기는 하지만 검사로서의 부분이 그에게 충격을 줬기 때문이다.

"사진이 대략…… 마흔 장쯤 되더군요."

"마흔 장요?"

"네…… 그것도 소위 '신상'이라고 하는 애들이요."

"신상이라니요?"

"중고로 분류된 애들도 있습니다. 아무래도 다른 성도착자들이 넘긴 애들 같습니다."

그는 그렇게 말하면서 얼굴을 감싸 쥐었다.

새삼스럽게 자신이 너무나 혐오스러워졌던 것이다.

"그 녀석이 그러더군요. 질리시면 상품 교환도 싸게 해 드린다고……."

"미친 새끼들."

그게 무슨 뜻인지 알아차린 노형진은 이를 박박 갈았다.

그사이 입구로 한 대의 차량이 다가왔다.

"움직이고 있네. 그나저나 어쩔 건가?"

"일단은 김요중 씨가 할 수 있는 건 다 끝났습니다. 거래한 대로 언론에 제보는 안 하겠습니다. 하지만 그냥은 넘어갈 수 없다는 거, 아실 겁니다."

노형진의 말에 차에서 나온 검사장은 고개를 끄덕거렸다.

그게 거래 조건이었다.

사건은 키우지 않겠지만 그래도 법적인 처벌은 받아야 한다는.

"알았네."

검사장이 뒤쪽으로 눈치를 주자, 좀 떨어진 곳에서 기다리던 양복을 입고 있던 사내 둘이 김요중을 데리고 차량으로 갔다.

김요중은 다 예상하고 있었기 때문에 저항하거나 하지 않았다.

그나마 이게 살아남는 마지막 방법이니까.

"그나저나 추적은 어떻게 할 건가? 거리가 있다고 하지만 말이야. 그들이 하는 짓거리를 보니까 이만저만 철두철미한 게 아닌데?"

검사장은 걱정스럽게 말했다.

사실 영화처럼 도로까지 나오면서 어느 길로 갔다는 식의 감시 장비는 가격이 너무나 비싸다.

그래서 살 수도 없거니와, 산다고 해도 그걸 사용하기 위해서는 정부의 허가를 받아야 한다.

노형진이 구해 온 건 당연히 그런 장비가 아니었다.

"그건 직선으로 거리만 나오는 물건이던데."

"압니다. 그러니까 우리도 직선으로 움직이면 되지요."

"무슨 수로? 그놈들이 계속 도로를 돌면서 감시할 텐데."

노형진은 대답하는 대신에 전화기를 들었다.

"무태식 변호사님, 이제 준비 끝났습니다. 바로 움직이죠."

그리고 전화를 끊고는 검사장에게 말했다.

"그들이 돌든 말든, 우리는 직진만 하면 됩니다."

"그러면 그들을 잃어버릴 텐데?"

"땅이라면 그렇겠지요."

그 순간 강력한 바람이 하늘에서 쏟아지기 시작했다.

고개를 돌려 보니, 한 대의 헬기가 위에서 천천히 내려오는 것이 보였다.

"하늘은 직진입니다, 후후후."

⚖

"쫄리기는 한 모양이네요."

도심으로 들어간 차량은 시내를 몇 번이나 돌았다.

심지어 차량이 전혀 없는 곳에 한참이나 서서 추적하는 차들이 있는지 없는지 확인까지 했다.

"설마 헬기로 추적할 줄은 모르겠지요, 후후후."

뒤에서 따라오는 차만 신경 쓰지 헬기를, 그것도 한참 뒤에서 따라오는 헬기를 그들이 알 수는 없다.

물론 헬기로 감시한다고 해도 차량을 시야에 넣고 따라가야 하는 거라면 문제가 되겠지만, 노형진이 설치한 위치 추적기의 신호를 쫓아 멀리서 따라가는 거니 헬기가 보일 리 없다.

도리어 헬기가 날아간 거리보다 체공하거나 근처에서 내려서 대기한 시간이 더 길 지경이었다.

"이제 도시 외곽으로 빠져나가는군요."

그들이 빠져나가는 방향은 김포 쪽의 을씨년스러운 시골이었다.

주변에 아무것도 없는 곳이었고, 그나마 있는 것은 공장뿐인데 그마저도 대부분이 임대라고 쓰여 있는 걸 봐서는 비어 있는 곳이 분명했다.

"도착했습니다. 정지했네요."

무태식의 말에 노형진은 망원경을 꺼내서 해당 차량이 들어간 공장을 바라보았다.

공장의 입구는 차량이 짐을 내리는 것을 감안해서 그런지 세단 정도는 어렵지 않게 들어갈 수 있을 규모였다.

"저기군요. 진짜 철저하군요."

무려 열두 시간을 길바닥에 보내고 나서야 들어온 공장.

그것도 그냥 들어온 게 아니다.

들어오는 길에 잠깐 멈춰서 동네 주민과 이야기도 했다.

"물론 동네 주민이 아니겠죠."

아마도 따라오는 차가 있는지 없는지 확인하는 조직원일 것이다.

그 뒤에는 쭈욱 직선 도로라, 따라오는 차가 있다면 발각될 수밖에 없는 구조였기 때문이다.

"위치는 잡았고, 장소도 잡았고, 영장도 나왔습니다."

다른 사람도 아닌 검사가 직접 녹음한 내용이 있으니 영장이 나오는 것은 어려운 일이 아니다.

문제는 그 장소로 들어가는 것이었다.

"경찰 중대를 동원하면 바로 튈 텐데요."

뒤쪽은 산이라, 튀기 시작하면 잡는 건 복잡한 일이 될 것이다. 어떻게 보면 이런 공간으로는 최적의 장소이기도 했다.

"우리가 좀 도와주면 됩니다."

"우리가 좀 도와준다고요?"

"네, 도주로에 헬기로 사람들을 내려 주면 됩니다. 사실 산이라고 하지만 결국 도주로는 뻔하거든요. 아예 길도 없는데 나무 헤치면서 가면 더 도망 못 갑니다."

도망가는 놈은 나무를 헤치면서 가야 하지만, 뒤의 사람은 그냥 따라가면 그만이니까.

"결국 도주로로 보이는 곳에 사람 몇 명만 두면 막히는 거죠."

"하지만 여기는 헬기를 착륙시킬 만한 곳이 없는데요? 설마 뛰어내리라는 말씀은 아니시죠?"

"어…… 음……."

노형진은 잠깐 고민했다.

생각해 보니 이런 경우 도주로를 막는 사람들은 전경인데, 전경이 헬기에서 뛰어내리는 훈련을 했을 리 없다.

"이걸 도와줄 만한 분들이 있을 것 같은데요."

"누구요? 군대는 안 됩니다. 이건 치안 사건이에요. 군에서 끼어들 수 있는 게 아닙니다."

노형진은 확실하게 말했다.

"그분들은 군인이 아니니까 걱정하지 마세요, 후후후. 군인입니다, 전직 군인."

"전직 군인?"

"네."

⚖

"당연히 도와야지요!"

해병대 전우회.

해병대를 나오면 상당수 해병들이 가입해서 활동하는 집단.

그들은 해병이라는 자부심을 가지고 있다.

그리고 해병은 기본적으로 헬기 레펠 등의 훈련을 받는다.

"우리는 해병대입니다! 그런 개 같은 새끼들을 그냥 둘 수는 없죠!"

다른 해병들도 마찬가지였다. 사건을 설명하고 도움을 요청하자 그들은 기꺼이 도움을 주겠다고 나섰다.

'뭐, 가끔은 미친 짓을 하지만.'

기본적으로 해병대 전우회의 목적은 자원봉사다.

가끔 그 자부심이 엉뚱하게 발현된 일부에 의해서 욕먹기도 하지만, 기본적으로 나쁜 사람들은 아니라는 것.

"어려운 일은 아닙니다. 그들이 갈 수 있는 길에 장애물을 설치하시고 기다리면 됩니다."

"네? 때려잡는 게 아니고요?"

"그러면 큰일 납니다."

도움을 청했다고 하지만 기본적으로 그들은 민간인이다.

그들이 도주하는 범인을 잡는 거야 문제가 안 된다.

하지만 그 와중에 그들 중 누군가 다치면 일이 커진다.

그건 노형진도 결코 바라지 않는 일이다.

'까딱 잘못하면 그 하나로 모든 게 덮여 버릴 수 있지.'

그래서 노형진은 그들에게 절대로 싸우지 않는다는 각서를 요구했다.

"덤벼도요?"

"네. 덤비더라도요. 그들이 무장하고 있을 가능성이 높은데 똑같이 칼 들고 설칠 수는 없지 않습니까?"

"이쪽에서 몽둥이 같은 거 구해 가면요?"

"숲입니다. 숲은 기본적으로 장애물이 많아서 도리어 리치가 긴 무기들이 불리합니다."

몽둥이 휘두르다가 나무에라도 걸리면 짧은 칼에 찔려서 죽을 수도 있는 일이다.

"일단 발각되면 무조건 도망입니다."

이들이 도망간다 해도, 도주 중인 범인들 입장에서는 그들을 쫓을 시간이 없다.

"하지만 그래서 어떻게 그들을 잡습니까?"

볼멘소리를 내는 해병대 전우회 대표.

"아까 말씀드렸다시피 함정을 파는 겁니다."

"함정을 팔 시간이 없을 텐데요. 바로 움직이신다면서요?"

"함정도 함정 나름이죠. 함정 재료는 이미 구해 놨습니다."

노형진은 씩 웃으며 무언가를 앞으로 내밀었다.

그걸 본 전우회 사람들은 멍한 표정으로 되물었다.

"이거 절연테이프랑 철사 아닙니까?"

"네."

"이게 함정이라고요?"

"네. 아주 확실한 함정이지요, 후후후."

⚖

깊은 밤.

근처 마을에 모인 경찰들은 잔뜩 긴장해 있었다.

"내부에 얼마나 있는지 모른다. 절대 개별적으로 싸우지
말고."

"도주로 쪽은 이미 도주 차단 장치가 있으니까 성급하게
뒤쫓아 가지 말도록."

"무기를 가지고 있을 가능성이 높으니 칼을 꺼내 들면 바
로 지원 요청하고, 형사들은 총기 확인 잘하고."

스타 검사로 지명된 사람들, 그러니까 새론 라인의 검사들
은 얼굴이 잔뜩 상기되어 있었다.

상당히 큰 건수이기도 하지만 이 사건으로 스타 검사가 되
면 승승장구하는 것은 따 놓은 당상이기 때문이다.

물론 그거랑 상관없는 놈도 있었다.

"이히힛."

병력 통제와는 상관없이 손에 뭔가를 들고 한구석에 처박
혀서 수상한 웃음을 흘리고 있는 남자.

"너, 그걸로 쏘려는 건 아니지?"

노형진이 꺼림칙한 표정으로 물어보자 오광훈은 당연하다
는 듯 말했다.

"쏴야지."

"누구를?"

"나쁜 놈을."

"왜?"

"무장했다며? 내가 죽을 수는 없잖아? 선빵 필승 몰라? 먼저 쏘는 놈이 이긴다!"

"일단 말이다, 그 빵이 그 빵이 아닌 것 같은데."

노형진은 이 녀석을 괜히 검찰에 뒀나 하는 생각에 머리가 지끈거렸다.

검사에게 지급되는 권총, 그걸 들고 미친놈처럼 헤벌쭉 웃고 있는 놈을 보니 진짜로 이놈이 당장이라도 나가서 총을 쏴 댈 것 같아서 불안했다.

"일단 말이지, 그 총은 절대 쏘면 안 된다. 진짜 네가 칼에 찔리는 위기 상황이 아닌 이상에야, 절대로 쏘면 안 돼."

"왜?"

"왜라니? 검사가 범인을 쏴서 죽였다고 해 봐라. 난리가 난다."

"아니, 그게 나쁜 거야? 저거 나쁜 놈들이잖아!"

"나쁜 놈들이지. 하지만 범죄자에게도 인권이 있단다."

"인권은 개뿔. 내가 그렇게 빵에 들락날락했어도 인권 챙겨 주는 새끼는 못 봤다."

"그거야 네가 돈 없는 범죄자니까 그랬겠지."

"그런 게 뭔 인권이냐. 내가 죽어 보니까 있잖아, 죽어서 한 번 정신 차리는 게 세상의 공기도 아끼고 얼마나 좋아. 응?"

그러면서 다시 한번 권총을 쓰다듬는 오광훈.

'이러다 진짜 누구 하나 잡는 건 아닌지 몰라.'

노형진은 찝찝했지만, 그렇다고 권총을 빼앗거나 하지는 않았다.

어찌 되었건 공식적으로 자신들은 도움을 받는 변호사일 뿐이고 이 수사의 지휘권은 검찰에 있다.

그런데 자신이 권총을 빼앗을 수는 없었다.

"한번 총 쏴 보고 싶었어, 헤헤헤."

"군대에서도 쏴 봤잖아."

"나? 나 전과자라 미필인데."

"끄응, 더 불안해지는데. 절대 사람한테 쏘면 안 된다, 알았지?"

"진짜로?"

"진짜로. 너 그러다 진짜 또 죽어서 지옥 가."

그가 유일하게 무서워하는 것이 바로 지옥이다.

비록 저승에서의 기억은 없다지만, 사후라는 게 존재하는 이상 지옥이라는 존재는 꺼림칙할 수밖에 없다.

"알았다, 알았어. 사람한테는 안 쏠게."

"영 불안한데."

하지만 그렇다고 그만 붙잡고 있을 수는 없었다.

이머 작전은 시작되었다.

어쩌면 이미 저들이 이쪽의 상황을 눈치챘을 수도 있다.

"노 변호사님, 모든 준비 끝났습니다. 명령만 하시면 바로 들이칠 겁니다."

검사 한 명이 다가와서 노형진에게 반가운 척을 했다.

그는 로스쿨을 나와 검사가 된 사람으로, 로스쿨 시절에 새론에서 아르바이트를 하면서 일을 배워 변호사 시험에서 높은 성적을 얻고 그 덕에 검사로 갈 수 있었다.

그래서 새론과 무척이나 친했다.

사실 그뿐만 아니라 여기에 있는 사람들이 다 그런 부류였다.

"좋습니다. 절대 무리는 하지 마시고요. 아까 산에 있던 조본서 팀장님에게서 연락이 왔습니다. 통행로에 도주로 차단은 철저하게 해 놨으니 도주는 못 할 거랍니다."

"네! 감사합니다! 그러면 바로 들어갈까요?"

노형진은 고개를 힐끗 돌려서 카메라들을 바라보았다.

홍보가 목적인 만큼 이런 장면은 꼭 촬영해야 한다.

그래야 새론이 검찰과 손잡고 미결 사건을 추적한다는 걸 홍보할 수 있다.

카메라 감독은 고개를 끄덕거렸다.

몇 대의 카메라들이 따라다니면서 촬영할 준비를 마친 터였다.

검사들에게 하나씩, 그리고 무태식 변호사에게 하나가 붙어 있었다.

"좋습니다. 자, 그럼 갑시다."

모든 준비가 확인되자 노형진은 고개를 끄덕거렸고, 경찰차를 선두로 몇 대의 버스가 움직이기 시작했다.

그리고 얼마 가지 않아서 첫 번째 방어선에 도착했다.

"당신들 뭐야! 여기 사유지야!"

진입을 막으려는 남자.

남자가 갑자기 몰려온 경찰에 당황하며 저지하는 사이, 옆에 있던 다른 남자가 재빠르게 전화기를 붙잡았다.

"체포해!"

"당신들 뭐야! 이거 안 놔! 놔! 놓으란 말이야!"

"어어, 이거 뭐 하는 거야!"

재빠르게 움직이기는 했지만 단축번호를 누르는 것까지는 막지 못했다.

그리고 전화기 너머에서 들리는 목소리.

—뭐야! 무슨 일이야?

"짭쌔! 읍읍!"

그 순간 끊어진 전화기.

노형진은 경찰을 재촉했다.

"빨리 갑시다! 얼마나 많은 사람들이 잡혀 있는지 모르니까!"

몇몇이 바리케이드를 치우자 차들이 미친 듯이 몰려들어 갔다.

그곳에 도착했을 때 범죄자들은 탈출하는 중이었다.

"이런, 썅!"

"튀어!"

막 공장에서 나오던 자들은 다급하게 도망치기 시작했고,

그들의 뒤를 경찰들이 우르르 쫓아갔다.

물론 무조건 쫓아가기보다는 더 효율적인 방법을 쓰는 사람도 있었다.

탕탕탕탕!

"안 서면 쏜다!"

과감하게 총질을 해 대는 오광훈.

그걸 본 노형진은 머리를 절레절레 흔들었다.

"야, 이…… 무식한 새끼야."

"왜? 뭐? 사람한테는 안 쐈잖아!"

"사람한테는 안 쏜 게 아니라 사람한테만 안 쏜 거잖아!"

도망가는 방향으로 총질을 해 댄 탓에 총알이 튀면서 사방에 불똥이 튀었다.

아무리 범죄자라고 하지만 뒤통수에서 총알 날아오는데 뛰는 게 쉽지는 않았다.

"그래도 서라고 하니까 섰잖아?"

"안 서면 쏜다고 먼저 말하고 쏴야지, 쏜 다음에 안 서면 쏜다고 말하면 주객이 전도된 거 아니냐?"

"어? 그런가? 그런 건가? 어어?"

"끄응…….."

고민하는 그의 어깨에 손을 올린 노형진은 그를 다독거렸다.

"축하한다. 일단 총 쐈으니 사유서와 경위서와 시말서를 써야 할 거다. 서류 작업 확정이다."

"그런 건 네가 해 주겠지."

오광훈은 노형진에게 떠넘기는 것을 아주 당연하게 여기는 듯한 말을 하더니 주먹을 불끈 쥐고는 공장 안으로 뛰어들었다.

"정의의 주먹을 받아라!"

가장 정의가 어울리지 않는 사람이 정의를 외치면서 돌격해 들어가자 몇몇 경찰들도 같이 들어갔고, 미처 피하지 못한 사람들은 그들과 난투를 벌이기 시작했다.

사실 난투라고 해 봐야 일방적으로 오광훈에게 두들겨 맞는 것뿐이었지만.

"여기입니다!"

그 와중에 무태식이 다급하게 부르는 곳으로 달려간 노형진은 입술을 깨물었다.

"이런……."

바닥에 못 박혀 있는 커다란 쇠 봉.

그리고 그 쇠 봉에 사슬로 엮여 있는 여러 어린 학생들.

"경찰 아저씨! 살려 주세요!"

"여기서 꺼내 주세요!"

"여기서 나가게 해 주세요! 엉엉엉……."

가장 어린 학생은 중학교 1학년쯤 되어 보였고, 나이가 가장 많은 사람은 대학생쯤으로 보였다.

범죄자들을 제압한 경찰들은 아이들을 진정시키기 시작했다.

"진정해. 괜찮아."

검사들과 무태식은 그런 아이들을 다독이면서 주변에 소리를 질렀다.

"여기 절단기 가져와! 어서!"

끈도 아니고 쇠로 만들어진 사슬인지라 유압식 절단기가 아니면 끊을 수도 없는 상황.

어쩔 수 없이 소방서에 연락을 해야 하나 하는 그때, 오광훈이 범인 한 명을 질질 끌고 왔다.

"뭐야? 왜 안 풀어 줘?"

"아직 절단기가 안 왔어. 근처에서 절단기 좀 찾아봐."

"절단기보다 더 좋은 게 있지."

오광훈은 씩 웃더니 끌고 온 범죄자에게 당당하게 말했다.

"열쇠."

"지랄. 꺼져, 이 짭새 새끼야."

범죄자는 있는 대로 성질을 부리면서 저항했다.

하지만 돌아온 것은 그에 대한 응분의 대가였다.

"그래? 아가리 존나 잘 터네, 너. 그런데 나도 있잖아, 다른 의미에서 아가리 존나 잘 털거든?"

범죄자를 그대로 쓰러트려 깔아뭉개고는 사정없이 주먹을 휘두르는 오광훈.

퍽퍽.

"네가 아가리 터는 게 먼저인가 내가 터는 게 먼저인가 한

번 두고 보자! 털리는 건 내 아가리 아니다."

개 패듯이 패기 시작하자 누구도 그런 오광훈을 말리지 못했다.

사실 다들 꾹 참고 있을 뿐, 누구라도 똑같이 행동하고 싶었을 테니까.

"야, 야! 진정해. 이 새끼 기절했어."

보다 못한 노형진이 오광훈에게 다가가서 말렸다.

오죽 놀랐으면 여자애들도 멍하니 이쪽을 바라보고 있었다.

"이 새끼 아가리는 다 털렸네."

피를 질질 흘리면서 기절한 범죄자 옆에는 하얀 이빨들이 나뒹굴고 있었다.

"역시 유압기를 가지고 와야……."

"걱정 마. 내가 털 아가리는 존나 많아."

기절한 남자의 몸 위에서 일어난 오광훈은 제압당한 채로 바닥에 눌려 있는 남자에게 다가가서는 강제로 멱살을 잡고 끌고 와 쓰러진 남자 옆에 내던졌다.

그리고 짧게 말했다.

"열쇠."

그 와중에도 피가 묻은 손을 들어서 흔들어 주는 것을 잊지 않았다.

"저 위 사무실에 있습니다!"

말 그대로 피떡이 된 동료를 본 남자는 바로 이실직고했고, 말이 떨어지기가 무섭게 무태식은 번개같이 뛰어가서 열쇠를 가져다가 아이들을 묶어 둔 족쇄를 풀기 시작했다.

"오케이."

오광훈은 흡족한 표정을 지었다.

그리고 산 쪽으로 고개를 돌렸다.

"오늘 손맛 좀 보자, 으흐흐흐."

"으아악!"

"뭐야, 이거!"

산 위로 올라가는 경찰들과 노형진.

앞에서는 비명이 울려 퍼지고 있었다.

"도대체 뭘 어떻게 한 거야?"

비명이 퍼지지만 싸우는 소리는 아니다.

간간이 욕설이 붙어 있기는 하지만, 싸우는 소리 자체는 들리지 않았다.

"철사에다가 절연테이프를 감아서 만든 함정이야."

"절연테이프?"

"그래. 그거 검은색이잖아."

절연테이프를 철사에 감아서 발목 높이나 얼굴 높이의 아무 같은 데에 올려 두면, 한밤중의 산에서 발견하기는 쉽지

이것이법이다

않다.

심지어 그들은 도주를 하기 위해 정신없이 뛰는 상태였다.

당연히 시야는 극도로 좁아지고, 발목이 걸려서 넘어지거나 목이나 얼굴이 걸려서 나자빠지면서 온갖 고생을 다 하고 있었다.

"아하, 이게 네가 말한 함정이구나."

"민간인이 싸우게 할 수는 없잖아."

다른 곳으로는 이 산으로 넘어오는 길이 없었기에 헬기를 동원해서 몇 시간 전에 이곳에 그들을 투입했고, 그들은 산 주변을 그런 함정으로 빙 둘러놨다.

당연히 도주하는 입장에서는 죽을 맛이었다.

한번 나자빠지면 최소 3분은 끙끙거려야 일어날 수 있는데다, 발까지 접질리면 도주는 물 건너가니 공포감에 발이 안 떨어졌기 때문이다.

"이런 썅!"

아니나 다를까, 얼마 가지 않아서 그들 중 일부를 만날 수 있었고, 그들은 도주가 힘들다고 판단되자 몸을 돌려서 주먹을 쥐었다.

"얼씨구?"

혀를 끌끌 차는 오광훈.

노형진은 그런 오광훈의 어깨에 손을 올리며 말했다.

"솔직히 말해서."

"응?"

"아까 되게 시원하더라."

"그래서?"

노형진은 손가락을 들어서 주먹을 들고 싸울 준비를 하는 놈들을 가리켰다.

"저 새끼들 임플란트비, 내가 내줄게."

"오오, 무슨 뜻인지 알겠어."

그는 주먹으로 우두둑 소리를 내면서 앞으로 나섰다.

"화끈하게 한번 해 볼까? 으흐흐흐."

⚖

대한민국의 사법이 무능하다는 건 여러모로 알려진 사실이었지만 지금 같은 사건은 처음이라며, 언론에서는 매일같이 질타가 계속되었다.

사건은 그 현장에서만 벌어진 게 아니었다.

사무실에서는 아이들이 어디로 팔려 갔는지도 드러났다.

소식을 들은 검사들은 지체 없이 그곳으로 내달렸다.

발각되었다는 사실이 알려지면 그들이 무슨 짓을 할지 모르기 때문이다.

그리고 그 와중에 스타가 된 것은 다름 아닌 오광훈이었다.

-이거 뭐야! 영장 있어! 영장 있냐고!

-유력한 증거가 있고 아이들이 위험하니까 데리러 온 겁니다. 그러니까 저리 꺼지시지.

사회 유력 지도자라는 인간이 하는 말에 깔끔하게 대꾸하는 오광훈.

그러나 그 지도자 입장에서는 다급했다.

-이거 불법 수사야! 저리 안 꺼져! 에! 내가 누군지 알아!

어떻게 해서든 들어가지 못하게 하려는 그에게, 오광훈은 대답 대신 아주 강력한 펀치를 날렸다.

그리고 허공으로 하얀 이빨을 흩뿌리면서 쓰러지는 그에게 한마디 던졌다.

-남은 이도 임플란트 하기 싫으면 아가리 다물어라.

그 장면은 촬영했던 사람들에 의해 인터넷에 공개되었고, 오광훈은 그 장면 하나로 스타 검사가 되어 버렸다.

"괜히 임플란트비 내준다고 했나 봐요. 아니, 투입된 검사가 몇 명인데 왜 하필이면 저 녀석이야?"

노형진은 눈을 찌푸리면서도 화면에서 눈을 떼지 못했다.

집주인의 이빨을 작살 낸 오광훈이 문을 부수고 지하로 들어가서는 중학교 2학년쯤 되어 보이는 여자애 한 명과 초등학생으로 보이는 여자애 한 명을 데리고 나오면서, 그대로 날아 차기로 집주인의 남은 이를 털어 냈던 것이다.

"아마 다들 노 변호사님과 같은 기분 아닐까요? 법으로 처벌한다 어쩐다 하는 말보다는 확실하게 눈앞에서 단죄하는 게 속 시원하잖아요."

"그건 그렇지요."

노형진 스스로도 그런 말을 하면서 계속 화면을 돌려 보고 있었다.

무태식의 말대로 자신이 변호사 노릇 하면서 느낄 수 없었던 시원함이 있었으니까.

'하긴, 난 절대로 저러지 못하지.'

모든 변수를 감안하고 판단하며 예측해서 움직이려고 하는 노형진.

그에 반해 자기 마음대로 움직이는 오광훈.

상극이지만 동시에 잘 어울릴지도 모른다고 노형진은 문득 생각했다.

'마냥 나쁜 것도 아니고.'

인터넷에서는 오로지 칭찬 일색이었다.

-와, 씨바. 이런 게 검사지.

–10년 묵은 체증이 확 내려간다.

–영화보다 더 시원하네.

–저 치과 의사입니다. 연락 주세요. 임플란트 원가로 해 드립니다. 팰 놈 있으면 언제든 환영해 드립니다.

인텔리라며 몸 사리는 검사가 아니라, 단죄할 때 확실하게 단죄하는 검사.

영화에나 나오는 그런 검사가 현실에 나타나자 사람들이 광란하는 것은 어쩌면 당연한 일이었다.

"무태식 변호사님도 스타가 되셨잖습니까?"

"그래도 최고의 수훈자는 오광훈 검사님이죠."

"오광훈의 진실을 알게 되면 다들 실망하실 텐데요?"

노형진의 말에 무태식은 씩하고 웃었다.

"그건 노 변호사님이 잘 감춰 주시겠지요."

"그래야 할지도 모르겠네요."

그렇게 말하면서 노형진은 다시 책상으로 시선을 돌렸다.

거기에는 '총기 사용 규정 위반 시말서'라고 쓰인 종이가 놓여 있었다.

물론 맨 아래에 오광훈의 이름과 도장이 찍혀 있을 뿐, 그 위는 백지였지만.

"그런데 이런 것까지 해야 한다면 고민 좀 해 봐야겠습니다."

졸지에 시말서를 쓰게 된 노형진은 애써 미소 지을 뿐이었다.

노예근성 어디 안 간다

"전자연합 내부에 싸움이 났다고 하더군. 서로 아주 악다
구니를 하는 모양이야."

유민택은 노형진을 불러 놓고 심각한 표정으로 말했다.

"그게 대룡에 타격을 주는 것은 아니지 않습니까?"

"그건 그렇지. 하지만 전자연합에서 나온 상품을 우리가
판매하고 A/S를 담당하고 있지 않나? 일선 수리 센터에서
부품이 부족하다고 난리인 모양이야."

"뭐, 언젠가는 이럴 줄 알았습니다. 예상했던 일이네요."

전자연합.

노형진이 대룡과 함께 성화와 싸울 때 만든 회사다.

성화전자를 붕괴시키기 위해 그 하청 회사들을 묶어 주고

핵심 부품을 대룡이 공급해서 그들이 직접 상품을 만들게 해 주는 것이 목적이었는데, 그 당시에 그게 성공해서 성화는 자금에 심각한 타격을 받았다.

하지만 시간이 지난 지금 그곳이 도리어 썩어 문드러지는 것은 어쩌면 당연한 일이었다.

"예상대로? 지금 자네, 예상대로라고 했나?"

"네. 전자연합이 오래갈 거라고는 생각하지 않았습니다. 사실 대룡이 도와준 덕분에 지금까지 버틴 거지, 전 더 일찍 붕괴될 거라고 생각했습니다."

노형진의 차가운 말에 유민택은 놀란 표정을 지었다.

"난 이게 사회적으로 무척이나 올바른 일이라고 생각했는데. 그래서 제법 오래갈 거라 생각했네. 그런데 자네는 무너질 걸 예상했다니, 의외군."

"그건 맞습니다. 하지만 사회적으로 올바르다는 것이 현실적으로 유지가 가능하다는 건 아니라는 걸, 유 회장님도 아시지 않습니까?"

"끄응…… 그렇지."

사회적으로 올바를지는 모른다.

그러나 올바르다는 것이 잘 유지된다는 의미는 아니다.

도리어 올바르기 때문에 유지 불가능한 경우가 더 많다.

"인간은 유토피아를 꿈꾸지만, 현실적으로 유토피아는 불가능하지요."

"하하핫, 그 말이 맞네. 유토피아는 불가능하지."

쓸쓸하게 웃는 유민택.

그럴 수밖에 없다.

유토피아가 불가능한 만큼 전자연합의 유지 또한 불가능하다는 소리이니까.

"인간이 욕심을 좀 버렸다면 모를까, 그게 가능하지 않으니 애초에 전자연합은 오래갈 수 있는 시스템이 아니었습니다."

연합이라는 형태로 운영되는 시스템.

그리고 그 시스템을 운영하는 것은 회장이 아니라 사장단이라 불리는 대표들.

그렇다 보니 각자 욕심을 부리기 시작하면서 전자연합은 급속도로 흔들렸다.

어느 정도 수익이 나기 시작하자 각자 자기네 이득을 최우선으로 했기 때문이다.

"역사적으로 연합이라는 구조가 성공한 적이 있던가요?"

"없지."

연합.

말이 좋아서 연합이지, 사실 연합이라는 구조는 필연적으로 무너질 수밖에 없다.

승리야 할 수 있지만 승리 이후에 이권으로 서로가 대립할 수밖에 없으니까.

"하물며 국가 간 연합도 그런데, 이권을 다뤄야 하는 전자연합이 오래 유지된다는 건 말이 안 되지요."

노형진은 이미 그들이 무너질 걸 예상하고 있었기 때문에 전혀 놀란 표정이 아니었다.

"하지만 걸출한 누군가가 나서서 그걸 해결할 수도 있지 않았을까?"

"그런 게 가능했다면 제가 투자했을 겁니다. 하지만 우리나라의 악질적인 문화가 있지 않습니까? 낭중지추를 두고 보지 못하지요."

"크흠……."

"분명 큰 그릇을 가진 누군가는 있을 겁니다. 그들을 묶어 두고 그들을 대기업으로 성장시킬 수 있는 사람이, 있었을 겁니다."

실제로도 그런 사람들이 있었다.

노형진은 그런 사람들을 관심을 가지고 지켜봤고.

"하지만 그들은 모두 퇴출되었지요. 왜 그런지 아시지요?"

"크흠……."

"이룩하는 자는 그 그릇이 다릅니다."

물려받는 거야 운이 좋아서일 뿐이다.

하지만 이룩하는 자는 스스로 일어나야 하기 때문에, 마냥 운이라고 볼 수 없다.

"좆소기업이라는 말이 괜히 나온 게 아닙니다."

"좆소기업? 그건 또 뭔가? 처음 들어 보는 말인데."

"요즘 들어서 젊은 사람들 사이에서 퍼지는 말이지요. 쉽게 말해서 이겁니다. 젊은 사람들이 왜 취업을 못 하면서 대기업만 노릴까요? 왜 중소기업들에는 가지 않을까요?"

"글쎄."

"일이 힘들어서요? 아닙니다. 대기업 중에도 일이 힘든 곳은 많습니다. 대룡만 해도 일이 힘든 쪽에 속하지요."

"그건 그렇지."

"그러면 왜 그럴까요?"

유민택은 곰곰이 생각에 빠졌다.

사실 대기업의 대표인 그가 이런 문제로 생각해 볼 일은 없었다.

자신은 고용하는 입장이지 고용되는 입장이 아니니까.

그러니 그들의 사정을 잘 알 수가 없었다.

"모르겠군."

"비전 때문입니다."

중소기업 중 일부는 비전이 없다.

그들은 유능한 사람들을 쓸 줄 모른다.

일부 중소기업들은 사람을 고용하고 잘 배치해서 능력을 발휘할 수 있게 해 주는 게 아니라, 최대한 착취하는 데 매달린다.

야근은 기본이고, 철야를 시키면서도 야근 수당은 주지도 않고, 직원들에게 줄 월급은 밀리면서도 사장은 심심하면 외제 차를 바꾸고 다닌다.

"좆소기업은 그런 곳을 비하하는 말입니다."

그런 곳은 진짜로 답이 없다.

단순히 돈을 많이 준다 안 준다의 문제가 아니다.

인간이 앞으로 성장해 나갈 구조가 아니다.

최저임금으로 사는 사람에게 무슨 미래가 있단 말인가?

"그리고 그런 곳은, 능력 있는 사람은 오래 있지 못하지요. 유 대표님은 회장의 가장 큰 덕목이 뭐라고 생각하십니까?"

"용병술이지."

유민택은 알 것 같았다.

사장은 누구라도 할 수 있다.

혼자서 트럭에 배추를 싣고 다니면서 팔아도, 공식적으로는 개인 사업자를 가진 사장이다.

하지만 회장은 극히 일부만 할 수 있다.

왜냐?

사장은 회사를 만들고 운영하지만, 회장은 회사를 유지하기 때문이다.

"대부분의 사장들에게는 용병술이 없겠군."

"그것도 재능입니다."

매출 10억짜리 회사라면 사장이 직접 영업해서 수익을 낼 수 있다.

매출이 100억을 넘어가면 그럭저럭 사람을 배치해서 회사를 유지할 수 있다.

하지만 매출이 1천억을 넘어가면?

용병술이 절대적이다.

믿을 수 있으며 동시에 능력 있는 사람을 적소에 배치하지 않으면, 기업이 넘어가는 것은 순식간이다.

"물론 내가 봐서는 사장단이 무능하기는 하지만, 그 사람들 중에서 제대로 된 사람이 있을 수도 있지 않나?"

"대표님, 우리가 전자연합을 만들어 주기 전의 상황, 기억하십니까?"

"기억하지, 그들은 망해 가고 있었던……. 그렇군. 그런 인간이 없겠군."

어떻게 해서든 성화의 품에서 벗어나서 자립하려고 하는 게 아니라, 단가 후려치기를 당하고 목을 죄여 가면서도 성화 하나만 붙잡고 있던 그들이다.

그리고 성화와 거래한다는 타이틀 하나로 눈먼 호구 하나 붙잡아서 기업을 비싸게 털고 나오는 게 그들 대부분의 목적이었다.

"그런 인간들이 제대로 일을 한다고요?"

"끄응……."

변명은 할 수 있다.

하지만 그 변명을 한다는 것 자체가, 그들의 능력은 거기까지라는 의미이기도 하다.

"결국 재기는 불가능한 건가?"

"선별을 해야 할 때가 된 거죠."

"선별이라⋯⋯."

다 똑같은 기업이 아니다.

애초에 언제든 대체될 수 있는 기업들이었다.

다만 성화라는 존재와 싸우기 위해 잠깐 묶어 둔 것이었다.

"대한민국은 자본주의사회입니다. 착한 자본도 있지만, 모든 기업이 다 살아남을 수는 없죠."

그건 불가능하다.

그런 게 가능하다는 것은 공산주의라는 의미다.

공산주의는 모든 생산을 국가가 통제하니까.

"그래도 너무 갑자기 싸움이 터지기는 했는데."

고개를 갸웃하는 유민택.

노형진의 말대로 인간이라는 존재는 욕심을 가지고 있기 때문에, 어찌 보면 이런 싸움이 나는 것도 당연하다.

실제로 대기업에서도 싸움으로 인해 기업이 갈라지는 경우는 흔하게 벌어진다.

심지어 형제끼리 그러는 경우도 많다.

"하지만 보통은 징조라는 게 있는데 말이지."

"징조가 전혀 없었다는 말씀이십니까?"

"그래. 내가 이상한 점이 바로 그거야. 징조가 없었네."

유민택은 꺼림칙한 얼굴로 말했다.

"아무래도 판매 라인 자체는 우리한테 기대고 있지 않나?"

그러니 문제가 생길 것 같으면 가장 먼저 기대는 것이 바로 대룡이었다.

그런데 그런 것이 전혀 없었다.

"전에는 안 그랬고요?"

"사사건건 매달려서 도리어 귀찮을 정도였지."

대기업에 기대지 않고 스스로 뭉쳐서 사업을 시작하자, 도리어 공포감에 대룡에 기대려고 했던 것이 그들이다.

"물론 자립하는 건 좋지만, 자립만의 문제가 아닌 것 같단 말이지."

유민택이 말을 그렇게 하자 노형진은 다른 내막이 있다는 사실을 알아차렸다.

"다른 이유가 있다고 생각하시는 거군요. 뭐 같나요?"

"글쎄…… 알아봐야지. 하지만 뒤통수가 서늘한 것이, 아무래도 이번 일은 그냥 조용히 넘어갈 사건은 아닌 것 같아."

유민택의 얼굴에 긴 그림자가 드리워지고 있었다.

⚖️

며칠 뒤 급하게 호출받아서 찾아간 대룡의 회장실에서, 유민택은 전보다 더 어두운 표정으로 노형진을 맞이했다.

"자네 기억하나, 대동에서 정체 모를 돈이 한국으로 들어오고 있었던 거?"

"네, 기억합니다."

그 때문에 노형진과 대룡이 선빵 차원으로 일본에서 신동 하를 키우고 있는 것이 아닌가?

"설마……?"

"아마도 전자연합으로 흘러들어 갔다고 생각하고 있네. 아니, 확정적이라고 봐야겠지."

"전자연합에요?"

"그래. 전자연합이 우리에게서 벗어나려고 하는 것도 그렇고 내부에서 나오는 정보도 그렇고. 거기에다 이건 불법도 아니지."

"그렇죠."

전자연합은 절대로 규모가 작은 곳이 아니다.

물론 대기업 정도의 규모를 가진 것은 아니지만, 그래도 가성비가 좋다고 소문이 나 있다.

"하지만 판매 라인이 없어서, 판매 라인을 우리 대룡에서 제공하고 있지 않나?"

"그렇지요. 설마?"

"아무래도 대동이 그 허점을 노리는 것 같아."

판매 라인은 고정된 것이 아니다.

사실 판매 라인 자체만 생각하면 대룡보다는 대동이 나은 선택이다.

비록 대동이 가전제품을 만들지는 않지만, 전 세계에 공격적으로 사세를 확장해서 최소한 동남아와 아시아 쪽에 상당한 규모의 판매 라인을 만들어 둔 것은 사실이니까.

"전자연합에서 그 점에 넘어갔다고 생각하시는군요."

"우리가 아무리 노력한다 해도 어찌 되었건 대룡의 한계는 명확하니까."

　아직은 한국에서만 대기업이다.

　세계적인 기업에 비할 바는 못 된다.

　그에 반해 대동은 이미 세계적인 기업.

"그럼 그 돈을 당당하게 들여온 것도 이해가 가네."

　판매 라인을 정비하기 위해 한국에 돈을 투자하는 것은 합법이며, 정부에서도 적극 장려하는 것이다.

"그런데 왜 하필 전자연합을?"

"아마도 자기들이 부족한 게 뭔지 알아서 아니겠는가?"

"무슨 뜻인지 알겠습니다. 전자연합같이 먹음직스러운 곳은 흔하지 않을 테니까요. 여러모로…… 복잡하군요."

　전자연합은 대기업과 다르게 집중된 권력을 가지고 있는 곳이 아니다.

　당연하게도 외부의 공격에 취약할 수밖에 없다.

　그리고 대동은 전자 쪽 회사가 없고.

　거기에다 전자연합은 가성비가 좋기로 소문이 난 회사다.

"그걸 집어삼키면 터무니없이 쉽게 전자 계열 계열사를 만

노예근성 어디 안 간다　271

들 수 있겠지."

유민택은 걱정스러운 표정으로 말했다.

"확실한 겁니까?"

"확실한 거라네. 내부에서 우리 쪽을 지지하는 사장이 해준 말이니까."

"우리 쪽을 지지하는 사장이요?"

"그래. 이미 파가 갈렸다더군."

심지어 대동을 지지하는 사람들이 압도적 다수파라고 한다.

대룡을 지지하는 쪽은 대동의 요구 조건이 너무 터무니없다고 생각하거나 또는 위험하다고 생각해서 반대하고 있지만, 국내 전용 판매 라인이냐 아시아 지역 판매 라인이냐라는 비교 대상만 생각하면 사실 답은 나와 있다.

"그쪽에서 동일한 조건을 달았다고 하더군. 주요 부품을 자기들이 독점 공급한다."

"미친. 그걸 물었답니까?"

"지금이랑 바뀌는 게 없으니까."

"바뀌는 게 없다고요? 독점이라는 말이 붙었는데?"

독점이라는 단어가 있고 없고는 그 차이가 어마어마하다.

"과거랑 달라지는 게 없지 않습니까?"

대룡과의 계약에는 독점 공급이라는 단어가 없다.

물론 그런 주요 시스템을 공급할 수 있는 회사는 많지 않기 때문에 사실상 독점이기는 하지만, 사실상 독점과 계약서상의 독점은 전혀 다르다.

"계약에 의한 독점을 하게 되면 결국 넘어가는 건 전자연합일 텐데요."

독점 계약을 한 후에 대동에서 해당 물품의 가격을 터무니없이 올린다고 할지라도, 그들은 울며 겨자 먹기로 사야 한다.

전자연합의 장점은 가성비다.

가격이 오른다는 것은 결국 가성비가 떨어진다는 것을 의미한다.

"망할 수도 있을 텐데요."

"망할 수밖에 없게 만들 걸세."

유민택은 우려 섞인 어조로 이야기를 꺼냈다.

"동남아 다른 공장들을 그런 식으로 망하게 해 왔으니까."

일단 거부할 수 없는 사탕을 던진다.

그리고 자기 아래에 묶어 둔 후에 숨통을 틀어막는다.

그 후에 망할 수밖에 없는 상황에서, 결정적으로 자금을 묶어 둔다.

"그러면 사장은 둘 중 하나를 고를 수밖에 없네."

헐값에 기업을 넘기든가, 공장이 망하고 장비가 경매로 싸게 넘어가는 걸 두 눈 뜨고 지켜보든가.

"그리고 그건 대동에서 가지고 갈 테고요."

"그래. 그리고 휘하 계열사로 다시 태어나는 거지."

"전형적이군요."

한국의 다른 대기업들이 계열사를 늘리거나 작은 기업을 집어삼킬 때 많이 써먹는 방법이다.

그렇게 망한 곳 중에서 큰 곳은 계열사로 흡수하고, 작은 곳은 소위 말하는 하청으로 만들어서 자신들의 사장단이나 이사단 출신에게 선물로 줘서 인건비 따먹기를 할 수 있게 만드는 게 대기업들의 방법이다.

"그걸 모른답니까?"

"자네가 아까 한 말이 맞는 것 같아. 갑자기 대표가 되었다고 해서 그들이 리더가 된 건 아니지."

기존에 노예로 살아왔으니 새로운 삶에 적응하지 못하는 사람들이 분명히 있을 테고, 그들은 자신도 모르게 과거처럼 노예의 삶을 추구하게 된다.

익숙한 삶.

자신이 선택하지 않아도 되는 그런 삶.

"생각보다 자신의 삶을 선택하는 사람들은 많지 않지요."

노형진은 씁쓸하게 말했다.

사람들은 자신들이 스스로의 삶을 선택한다고 생각한다.

하지만 대부분의 경우, 사람들은 자신의 삶을 선택당한다고 표현하는 게 맞다.

선택지는 언제나 정해져 있으니까.

"확실히 대동답다고 해야 하나? 섣불리 넘어갈 놈들이 아니야. 뒤에서 조용히 뭘 하나 싶었더니만."

타격을 주는 것과 동시에 자신들의 가장 큰 약점을 메꾼다.

이게 성공하면 대룡은 전자 제품 쪽에 심각한 타격을 입게 된다.

성화와의 싸움이 끝난 후에 성화전자를 집어삼켜서 상당한 규모가 된 대룡전자다.

그리고 그곳에서 나오는 제품의 상당수 부품들은 그들로부터 받아 온다.

"우리가 썼던 방법을 비슷하게 역이용하는군요."

"그래서 우리 쪽도 다급해졌네. 우리 몰래 어떻게 구워삶았는지는 모르겠지만, 대부분이 넘어가 있는 상황이니."

"대룡은 정보 부서가 없습니까?"

상식적으로 대룡쯤 되면 이런 정보가 생기면 바로바로 이야기가 들어와야 했다.

그런데 그런 곳에서 전혀 모르고 있다가 뒤통수를 맞는다는 게, 노형진은 이해가 가지 않았다.

"없는 건 아니네만 아무래도 하청이 아니라 동업자라는 입장상 감시에 한계가 있었지."

"끄응, 그렇군요. 지금 상황이 어떤가요?"

"85%는 넘어갔다고 봐야 하네."

"85%나요?"

즉, 거래하는 회사의 85%가 넘어갔다는 소리다.

그 말은, 그들이 한꺼번에 공급을 끊어 버리면 대룡이 심각한 타격을 입게 된다는 소리다.

"심각하군요. 당장은 그런 반응은 없습니까?"

"아직은 없네. 계약 기간이라는 게 있으니까."

대기업이야 계약 기간을 어겨도 타격이 크지 않다.

재판부가 대기업을 편들어 줘서 상대적으로 배상금도 작으니까.

하지만 작은 기업은 계약 기간을 어기면 배상금이 크기 때문에 마음대로 끊어 버릴 수는 없다.

"하지만 계약 기간이 끝나면 아마 가차 없이 공급계약을 파기할 거라 생각하네."

"얼마나 남았지요?"

"8개월 남았네."

"오래 남은 건 아니군요."

8개월 후면 대롱에 가전제품의 공급이 끊어지고, 그 후에 대동으로 모든 공급이 넘어갈 것이다.

"그리고 대동은 지금까지 진출하지 못한 가전 쪽에 쉽게 진출하겠지."

처음에는 전자연합이라는 이름으로, 그 후에는 대동전자라는 이름으로 바뀔 것은 뻔하다.

"지금 우리 쪽도 상황이 이상하다는 걸 알고 난리가 났네. 어떻게 해서든 해결하기 위해 사장들을 만나고 있지만 사실……
요지부동이야."

대동이 지금까지 했던 행동들을 알려 주면서 설득 작업을 하고 있지만, 그들은 '우리가 동남아 작은 구멍가게들하고 같냐? 우리가 성장한다고 하니 배가 아픈 거 아니냐.'라는 식으로 대꾸하면서 이야기조차 하지 않으려고 한다는 것이 문제다.

　"대동이라……."

　노형진은 쓸쓸한 웃음이 나왔다.

　뭔가 할 거라 생각하기는 했지만 뜬금없이 전자연합을 공격 대상으로 삼을 줄은 전혀 예상하지 못했으니까.

　'확실히 멍청한 놈들은 아니야.'

　차라리 대룡 본사에 대한 공격이라면 돈을 처발라서라도 방어를 하겠지만, 이건 그런 것도 아니다.

　돈을 쓸 수도 없고, 써서도 안 된다.

　애초에 이사회에서 동의가 나올 리도 없고 말이다.

　"자네는 어떻게 했으면 좋겠나?"

　"제 의견은……."

　잠깐 고민하던 노형진은 곧 고개를 끄덕거렸다.

　"결국 마찬가지지 싶네요."

　"마찬가지라고?"

　"네. 제가 말했잖습니까? 선별해야 한다고요. 때가 된 것뿐입니다."

　유민택은 고개를 갸웃했다.

선별한다는 것은 결국 지금 있는 자들과 척져야 한다는 의미이기 때문이다.

"그러면 이탈이 더 가속화될 텐데."

"어차피 자를 놈들입니다."

"이해가 안 가는군."

"사람들은 대부분 이런 싸움을 세력의 싸움이라고 생각하지요."

노형진은 미소를 지었다.

의외의 순간에 한 방 들어온 것은 사실이다.

하지만 그들이 몰랐던 것은, 노형진이 그중 상당수를 일부러라도 잘라 내야 한다고 생각하고 있었다는 것이다.

"하지만 생각해 보면 상황은 다르지요."

"다르다?"

"네. 85%가 그들에게 넘어갔습니다. 하지만 엄밀하게 말하면 85%만 넘어간 거죠. 공장이라는 곳은 나사 하나만 부족해도 멈추는 곳입니다."

"그래서? 자네는 그들을 잘라 내야 한다고 생각하나? 하지만 그들이 그냥 당하지는 않을 텐데. 더군다나 아까도 말했지만, 계약 기간은 8개월밖에 안 남았네."

"8개월이나 남은 거죠."

노형진은 손가락을 흔들며 말했다.

"해결책은 계약서에 이미 있습니다."

"모르겠군, 자네가 무슨 말을 하는지. 이미 우리 법무 팀이 계약서를 모조리 살펴봤네. 하지만 우리가 쓸 수 있는 방법이 없어."

거대 기업의 법무 팀쯤 되면 그 실력이 상당하다.

그럼에도 불구하고 그들은 방법을 찾아내지 못하고 있었다.

"그거야 그 계약서를 계약서대로 해석해서 그렇지요."

"그러면?"

"우리가 먼저 위반하면 됩니다."

"우리가 먼저 자르자고? 작은 곳이기는 하지만 말이야, 한두 곳이 아닐세. 그들에게 위약금을 물어 주려면 우리도 부담이야. 작다고 해도 뭉치면 그 규모가 장난이 아니거든."

"아까 말씀드렸잖습니까, 공장이라는 곳은 부품 하나만 없어도 멈춘다고."

"그래서?"

"우리가 멈추는 게 아니라, 대신 멈추게 할 곳을 찾으면 됩니다."

"대신?"

"네. 대신 누군가 멈추면 되는 거죠, 후후후."

장수진 사장은 노형진의 말에 침을 꿀꺽 삼켰다.

"저보고 납품을 멈추라는 말씀이신가요?"

남편이 애써 키운 회사, 남편이 죽은 후 자신이 목숨 걸고 키운 회사가 바로 그녀가 가지고 있는 서중공업이라는 곳이었다.

단순히 케이스를 만드는 회사에 지나지 않지만, 그녀와 그녀의 가족에게는 모든 것이었다.

"저…… 잘린 건가요?"

숱하게 봐 왔던 현실.

작은 기업은, 큰 기업이 자르면 그대로 망하는 수밖에 없다.

그게 하청의 비애였다.

너무 놀란 나머지 그녀는 손을 바들바들 떨었다.

노형진은 그런 그녀의 손을 잡으면서 진정시켜 줬다.

"아니요. 그런 게 아닙니다. 잘리긴요. 이미 이야기 들었습니다. 다른 곳들의 협박에도 불구하고 대룡에 사실을 알려 주셨다면서요?"

"네…… 그게……."

대동은 대룡이 큰 타격을 입기 바랐기 때문에 회사에 비밀 유지 조항을 달았다.

장수진은 그런 그들을 의심했기 때문에 대룡에 알려 준 것이고.

"저희는 은혜를 아는 사람들입니다. 저희들을 도와주셨는데 설마 저희가 은혜도 모르고 배은망덕하게 거래를 끊겠습니까?"

"네? 하지만 방금은 납품을 중단해 달라고…….."

"납품을 안 받겠다는 게 아닙니다. 말 그대로 중단해 달라는 거죠."

"이해가 안 가요. 제가 사업을 잘 못해서……. 남편 회사를 물려받은 거라……."

"알고 있습니다. 제대로 쉬지도 못하셨다는 것도 알고 있지요. 그래서 저희가 휴가를 드리려고 하는 겁니다."

"휴가요?"

"네. 휴가요."

그녀가 가진 회사는 직원 예순 명 정도의 중소기업이다.

"공장이라는 곳은 부품이 없으면 안 돌아가게 되어 있지요."

노형진은 그런 그녀에게 차분하게 설명을 이어 갔다.

"지금 상황은 아실 겁니다. 사실상 전자연합은 대동에 붙어서 대룡에 칼을 꽂으려고 하는 상황이지요."

"그건 알지만……."

"그러면 저희들은 그들과 거래를 계속할 이유가 없지요."

"그거랑 저랑 무슨 관계인지……."

"지금 상황을 뒤집는 카드를 사장님이 쥐고 계신 겁니다. 사실 대룡과 전자연합은 개별적으로 계약관계를 유지하고 있습니다."

당연하다.

전자연합은 연합체일 뿐 사업체가 아니다.

결과적으로는 전체와 계약관계가 된다고 해도, 실제로는 각 기업별로 대룡과 거래를 해야 한다.

"만일 여사님의 공장에서 납품을 멈추면, 저희는 합법적으로 제품의 제작을 멈출 수가 있지요."

"그런데요?"

"만일 그런 일이 벌어진다면 다른 기업들이 어떻게 될까요?"

당연하게도 대룡이 그 회사의 물건을 받아 줄 이유가 없어진다.

그 부분은 계약서에 명시되어 있다.

받아 준다고 해도, 물건을 만들 수가 없는데 어떻게 받아 주겠는가?

"그러면 그들도 기업이 멈추는 거죠."

작은 톱니바퀴 하나 빠진 것뿐이지만, 기계는 멈춘다.

이런 대량생산 시스템도 마찬가지.

주요 부품을 만드는 사람이 그걸 공급하지 않으면 생산은 멈춘다.

"다른 기업에…… 타격이 가겠군요."

대부분의 기업들은 상황이 그다지 좋지 못하다.

1~2개월도 아니고 8개월씩 일을 못 하고 놀아 버리면 버틸 수 없는 기업은 없다고 봐도 무방하다.

"저희는 그사이에 다른 대체 업체들을 찾아볼 겁니다. 8개월 후, 그들을 완전 배제하고 새로운 시스템으로 다시 구성할 겁니다."

"하지만 저희는……."

8개월이나 놀면 망하는 건 그들뿐만이 아니다.

사실 장수진이 더 불리하다.

"그 부분은 저희가 비밀리에 도와드릴 겁니다."

"네?"

"마이스터와 이야기가 끝났습니다. 사장님이 허락하시면 마이스터에서 투자가 들어갈 겁니다. 8개월이 아니라 2년이라고 해도 충분히 버틸 수 있는 자금입니다."

입을 쩍 벌리는 장수진.

물론 그 돈이 작은 돈은 아니다.

하지만 미래에 입을 피해를 생각하면 말 그대로 푼돈이다.

"하지만 그들이 저희한테 뭐라고 할지도 모르는데……. 가령 손해배상 같은 거요."

"손해배상은 청구 못 합니다. 서중공업은 그들과 아무런 관련이 없는 기업이니까요."

같은 전자연합에 속해 있을 뿐, 직접적인 거래는 없는 곳이다.

직접적인 거래는 오로지 대룡과 해 왔으니까.

"민법상 이러한 간접적 피해는 배상을 해 줄 이유가 없습니다."

당연히 다른 사람들은 장수진에게 따질 수는 있을지언정 손해배상을 청구하거나 할 수는 없다.

"그리고 아까 말씀드렸잖습니까, 휴가를 갔다 오시라고. 여기 미국행 티켓입니다. 퍼스트 클래스입니다. 거기서 쉬시는 동안의 경비는 저희가 부담하겠습니다."

침을 꿀꺽 삼키는 장수진.

"안 그래도 아드님이 내년에 군대 가시잖습니까? 군대 가기 전에 추억 하나 만드시는 것도 나쁘지 않지요."

노형진은 마치 악마처럼 감언이설을 날렸고, 그런 감언이설에 장수진은 흔들릴 수밖에 없었다.

"하지만 그들이 다른 업체를 데리고 올 수도 있잖아요."

"아까도 말씀드렸지만 모든 기업 활동은 계약에 따라 이루어집니다. 그들이 다른 기업을 데리고 온다고 해도 저희가 계약을 하지 않으면 그만입니다."

피해 문제도 마찬가지.

대룡이 입는 피해가 없는 건 아니지만, 굳이 청구하지 않으면 장수진이 배상할 필요는 없다.

"저희한테 그러면 피해는 없는 건가요?"

"전혀요! 직원분들에게도 월급은 제대로 나갈 겁니다. 모두에게 최소한 3개월 이상의 유급휴가가 생기는 셈이지요."

"그……."

장수진은 마음이 흔들렸다.

남편이 죽고 기업이 힘들 때 월급도 제대로 못 줬는데 끝까지 자리를 지켜 준 고마운 사람들.

그녀도 쉬지 못했지만 그들 역시 쉬지 못했다.

"그리고 이건 개인적인 제안입니다만……."

"개인적인 제안요?"

"그분들을 모조리 미국으로 보내 드릴 수는 없지만, 제주도 정도는 가능합니다. 숙소와 렌트비를 대 드리겠습니다. 한 가족당 최대 열흘까지요."

장수진은 이쪽으로 마음이 확 기울었다.

월급이 나온다고 해서 끝이 아니다.

가족끼리 함께 시간을 보내는 것이 얼마나 중요한지, 그녀는 알고 있었다.

"네, 할게요."

고개를 끄덕거리는 장수진.

그녀의 말에 노형진은 미소 지었다.

"그러면 내일부터 바로 중단하시면 됩니다. 아, 미국은 바로 가지 마시고요. 한 2주쯤 버티면, 슬슬 똥줄 탄 사람들이 찾아올 겁니다. 그때 가세요. 퍼스트 클래스라 어지간하면 자리는 다 있을 겁니다만."

"네, 감사해요."

"감사는 저희가 해야죠. 덕분에 뒤통수 맞는 걸 면했습니다."

노형진은 그녀를 미소로 보냈다.

잠시 후 그녀가 사무실에서 나가자 바깥에 있던 남자가 슬쩍 들어왔다.

"다른 사람들은 어때요?"

"우리 쪽 사람들 중에서 꼭 필요한 분들 위주로 협상을 했습니다. 대부분은 동의했다고 하더군요."

남자는 대룡에서 보낸 사람이었다.

그는 다른 기업들과 협상을 해서, 전자연합 전체를 한꺼번에 붕괴시킬 준비를 하고 있었다.

"노 변호사님, 그런데 왜 저분은 노 변호사님이 직접 만나신 건가요? 거기에다 미국이며 제주도까지 보내 주신다니. 그럴 필요는 없는데요."

고개를 갸웃하는 남자.

노형진은 그런 그에게 미소를 지으며 말했다.

"박 부장님, 저분은 최초 고발자이시지 않습니까? 저분이 아니었다면 얼마나 피해를 봤겠습니까? 최초 고발자에게는 그만한 혜택이 있어야 합니다. 그래야 나중에 다른 사람들이 또 고발을 하지요."

"그런가요?"

"네. 그래서 내부 고발은 처벌하지 않는 겁니다. 어쨌든 다른 분들도 거의 다 받아들였다니 다행이네요."

"그럴 수밖에 없었겠죠. 사실 이쪽에 섰다는 이유 하나만으로 대동 쪽에서 팽 당할 상황이었거든요."

"결국 비슷한 상황이죠."

누가 나가든 공장은 멈출 수밖에 없다.

"그나저나 8개월로 그들이 흔들릴지 걱정입니다. 뭐, 길다면 긴데 짧다면 또 짧은 시간이라⋯⋯."

즉, 그들이 그 기간을 버티면 이겨 낼 수 있다는 건데⋯⋯.

노형진은 피식 웃었다.

"8개월요? 고작 8개월밖에 안 될까요?"

"네?"

"상대방은 대동입니다. 집어삼키기 위해 눈을 크게 뜨고 있지요. 8개월간 버틴다면, 그들은 사실상 그로기 상태가 될 겁니다."

쓰러지지 않으려고 어떻게 해서든 그저 버티는 게 최선인 그런 상태.

대동이 그런 상황을 보고 '아이고, 얼른 살려 줘야겠다.'라고 생각해서 바로 손을 내밀까?

아니면 좀 더 숨통을 조여서 더 싸게 구입하려고 할까?

"후자겠네요."

박 부장은 씁쓸하게 웃었다.

자신이라고 해도 후자를 선택한다.

아니, 대룡이라도 해도 마찬가지다.

상생을 원한다는 게 기회를 놓친다는 의미는 아니다.

더군다나 먼저 배신한 것은 저들이다.

"설사 계약을 한다고 해도, 부족한 부품을 만들 회사를 따로 구해야 하지요. 그리고 그 후에 부품을 만들어서 납품하면, 그게 팔려야 돈이 나옵니다. 그 시간이 몇 년이나 걸릴까요?"

"빨라야 2년은 걸리겠죠. 아…… 그래서 시한은 2년으로 잡으신 거군요."

"네, 맞습니다. 그리고 이런 시스템은, 재미있는 게 뭔지 아십니까?"

노형진은 의자에서 일어나며 말했다.

"기본적으로 모든 물건을 만드는 비용은 스스로 해결해야 하지요. 과연 8개월 동안 돈이란 돈은 다 빼 버린 작자들이 물건을 만들 재료를 구입할 수나 있을까요?"

노형진의 차가운 목소리에 박 부장은 자신도 모르게 살짝 떨었다.

"가차 없으시네요."

"저는 배신을 별로 좋아하지 않거든요, 후후후."

그리고 그가 좋아하는 것은 배신자의 비참한 말로였다.

걷는 놈 위에 뛰는 놈

바로 다음 날부터 몇몇 기업들이 납품을 중지했다.

그리고 그들이 보내 준 재고가 다 떨어지자 대룡은 바로 생산을 멈춰 버렸다.

고개 빳빳하게 들고 배신을 준비하던 전자연합의 사장들은 당연히 대룡으로 몰려왔다.

"지금 뭐 하는 거야! 어! 이거 계약 위반이야!"

공장이 멈추자 다급한 마음에 찾아온 그들은 언성을 높였다.

하지만 박 부장은 그들 앞에서도 당당했다.

어차피 따로 가겠노라고 한 건 그들이니까.

"우리 과실이 아닙니다. 몇몇 기업에서 자재 공급을 멈춰서 어쩔 수가 없습니다."

박 부장의 당당한 말에 도리어 그들은 적반하장으로 나왔다.

"그런 거 해결하라고 있는 게 원청 아니야! 어! 원청 아니냐고!"

따지는 사람들을 보며 박 부장은 피식하고 웃었다.

'노예근성 어디 안 간다고 했다던가?'

이미 들었던 말이지만 그는 그 말이 참 맞는다고 생각했다. 그들이 노예를 자처한다면 그렇게 대해 주면 되는 것이었다.

"그래서?"

"그래서? 지금 그래서라고 했어? 어!"

돌변한 박 부장의 태도에 발끈해서 언성을 높이는 사장들.

박 부장은 그들의 말에 코웃음을 날렸다.

"방금 우리보고 원청이라며?"

"그래! 원청에서 이런 건 책임져야 하는 거 아니야!"

"뭔가 착각하나 본데, 우리는 원청이 아니야. 동업자 관계지."

원청과 동업자는 전혀 입장이 다르다.

성화를 무너트릴 때 그들을 묶어 두기 위해 대룡은 명확하게 동업자로서 계약서를 작성했다.

"즉, 협동을 하는 동업자 입장에서 말이야, 너희들의 징징거림을 우리가 들어 줄 이유는 없어."

"너…… 너 이 새끼!"

"새끼? 지금 새끼라고 했나? 웃기는군. 너희 스스로 우리를 원청이라 불렀다. 그러면 너희들이 나에게 새끼라고 부를 수 있다고 생각해? 아니, 부장급인 나를 볼 수나 있다고 생각해? 우리가 성화로 보여?"

다들 입을 다물지 못했다.

"원청? 그래, 너희들이 원하니까 원청 노릇 할게. 꺼져."

"그게 무슨……?"

"원청이라며? 원청 갑질 한두 번 받아 봐?"

대기업의 하청은 부장급이 아니라 잘해 봐야 과장급을 만나서 읍소하는 것이 보통이다.

하지만 동일한 연합으로서 대해 줬기 때문에 부장급이 그들을 상대한 것이다.

"하지만 너희들이 그런 식으로 나온다면 우리가 너희들을 동업자로서 대해 줄 이유가 없지."

"하, 하지만……."

이쪽이 강하게 나가자 도리어 꼬리를 마는 사장들을 보면서 박 부장은 입안이 씁쓸했다.

'강자에게는 약하고 약자에게는 강하다 이건가?'

원청이 단가를 낮춰도 찍소리 못 하고 그 줄어든 이익은 직원들을 쥐어짜서 만들어 내려고 하는, 전형적인 실패한 중소기업들의 모습을 보이는 사장들을 보며 박 부장은 리더가 왜 중요한지 알 것 같았다.

"우리는 너희들하고 할 말이 없어."

"지금 그러면 어쩌라는 건데!"

"아까부터 반말인데, 내가 지금 만만해 보이냐?"

"아니…… 그게…… 아니라……요……. 저기, 우리도 먹고살아야……."

"그건 내 알 바 아니지. 너희들 주특기 있잖아. 직원들을 쥐어짜든 뭘 하든, 내 알 바 아니지."

박 부장은 계속 강하게 말했다.

그들을 만났을 때 노형진이 요구한 것은 전형적인 원청의 모습을 보여 달라는 것이었다.

ㅡ호의가 계속되면 권리인 줄 압니다. 우리가 배려를 해 준 거지, 약자가 아니라는 걸 가끔은 못 박아 줘야 하지요.

그게 노형진이 요구한 바였고, 박 부장은 충실하게 이행했다.

"너희들이 어떻게 되든 내 알 바 아니고. 보아하니 끌고 온 차들이 죄다 비싼 수입 차인 것 같던데, 그거 팔아서 어디 한번 잘 버텨 봐."

"자…… 잠깐만요! 저희가 다른 곳을 소개시켜 드릴 테니 그곳과 계약하시면 서로 상생하고 좋지 않습니까?"

자기들이 불리하자 상생을 주장하는 사장단.

하지만 박 부장이 보기에는 이건 개소리였다.

'이미 다 알고 있다, 이 새끼들아.'

그들의 상생은 수익을 자기들이 다 먹는다는 것이다.

수익이 많이 나면 그걸 자기들이 독점하고 부하들을 쥐어 짜는 것이 그들이 이야기하는 상생.

'좆소기업이다 이거지.'

물론 그렇지 않은 곳들은 이미 선별이 끝났다.

그런 곳들은 구제해 줄 예정이지만, 최소한 이곳에 모인 인간들은 그런 이들이 아니었다.

"뭐, 상생 좋지. 데리고 와 봐. 하지만 계약이 이루어질지 는 알 수가 없네."

피식 웃는 박 부장.

그제야 자신들의 상황이 안 좋게 굴러가기 시작한 것을 안 사장들은 다급하게 바깥으로 나갔다.

하지만 그들은 자신들이 이미 벗어날 수 없는 함정에 빠졌 다는 것을 알지 못했다.

⚖

"무조건 거절을 할 수는 없는데 어쩔 셈인가?"

그들은 금방 서중공업을 비롯한 납품 중지 업체들을 대체 할 곳들을 데리고 왔다.

물론 끼리끼리 뭉친다고 결국 비슷한 놈을 데리고 왔지만.

"우리가 계속 거절하면 명백하게 우리가 계약을 거부해서 피해를 입힌다고 할 걸세. 소송에 들어가면 배상을 해야 할 수도 있고."

유민택은 계속 올라오는 보고서를 보면서 혀를 끌끌 찼다.

이쪽에서 강하게 나가자 그들은 예상대로 약한 모습을 보여 줬다.

물론 그런다고 해서 8개월 후 그들이 이쪽과 재계약을 할 가능성은 전혀 없지만 말이다.

어차피 서로가 엇나가는 이상, 돌아갈 길은 없었다.

"이미 알고 있습니다. 하지만 그 계약의 실패는 우리의 잘못이 아닙니다."

"우리가 거절하는 건데?"

"우리가 거절한 게 아니라 그들이 우리 조건을 충족하지 못하는 거죠."

"그게 무슨 말인가?"

"디자인이라는 게 있지 않습니까?"

"디자인?"

"네. 그들이 가지고 온다는 부품이 완벽할 수가 없지요. 애초에 각 기업이 가지고 있는 디자인이 다르니까요."

가령 서중공업은 외부 케이스를 만들어서 공급하고 있다.

문제는 대룡의 계약 시스템이다.

하청에 이런 걸 만들라고 하는 게 아니라 같이 이런 걸 만들어서 팝시다 하는 구조로 되어 있다 보니, 그 외부 케이스의 디자인에 대한 권리는 대룡이 아닌 서중공업이 가지고 있다.

"그리고 서중공업에서 그 디자인을 팔지 않거나 사용 허가를 내주지 않는다면 어떻게 할까요?"

"아하! 그래서 미국으로 도피하라고 한 거군!"

"네. 단순히 공급하라고 쫓아갈 게 아니니까요."

그걸 팔라고 또는 외부에 디자인 사용 허가를 내 달라고 매일같이 찾아가서 읍소하고 협박할 게 뻔하다.

당연히 그건 서중공업 사람들의 삶도 피폐하게 만들 것이다.

"하지만 정작 당사자가 없다면 허가를 받을 방법도 없지요."

"그렇지! 그들이 아무리 막장이라고 해도 허락도 없이 외부의 디자인을 베낄 수는 없지!"

유민택은 노형진의 계획에 탄성을 내질렀다.

설마 그런 작전이 있을 줄은 몰랐다.

그들이 그런다고 해도, 불법 복제를 이유로 이쪽에서 거래를 하지 않아 버리면 그만이다.

이유는 충분하다.

"하지만 여전히 해결해야 할 부분은 있네. 디자인이나 부품을 바꿔서 공급하면 어쩔 건가?"

사실 디자인 같은 건 살짝만 바꾸면 쓸 수도 있다.

부품 같은 경우도, 같은 효과를 내는 다른 부품을 구할 수 있고.

그런 만큼 노형진이 제시한 것이 완벽한 해결책이라 볼 수는 없다.

"저도 알고 있습니다. 뭐, 대응책이 다르기는 합니다만 사실 해결 방법 자체는 쉽습니다. 디자인 같은 경우는 그 원래 디자인에 대한 권리를 가지고 있는 사람이 사용 금지 가처분 신청을 내고 소송전으로 가면 됩니다."

디자인을 살짝 바꾸는 정도면 분명히 걸릴 가능성이 높다.

그리고 그런 경우 대룡 입장에서는, 그 디자인의 법적인 주인이 명확하게 정해지지 않은 이상 그걸 이용해서 제품을 만들 수는 없다.

그랬다가 지기라도 하면 모조리 대룡에서 책임져야 하니까.

"그건 불법이 아니죠. 소송 중인 거니까요."

"아예 새로운 형태라면?"

"그러면 적용되는 법이 바뀌죠. 그런 경우 품질 경영 및 공산품 안전 관리법에 걸리게 되죠."

"품질 경영 및 공산품 안전 관리법?"

"네."

미래에는 다른 법과 합쳐지면서 사라지지만 아직은 있는 법률이었다.

"아마 실무적인 부분이라 회장님께서 직접 관여하지는 않으셔서 잘 모르실 겁니다."

해당 법률에 따르면 전기용품을 판매하기 위해서는 이 법률에 따른 판매 허가를 취득해야 한다.

소위 말하는 KC 마크인데, 그걸 인증받지 못해도 판매 자체는 할 수 있지만 안전이 확보되지 않은 물건이라는 의미이기 때문에 문제가 될 수밖에 없다.

"다른 곳도 아니고 대기업인 대룡이 KC 마크도 없는 물건을 팔 수는 없지 않습니까? 아무리 유통만 대신한다고 해도 말이지요."

"그건 그렇지."

"그리고 이 경우 부품이 바뀌는 것이기 때문에 엄밀하게 말하면 KC 마크를 다시 받아야 합니다."

"무슨 뜻인지 알겠군."

일단 KC 마크를 받는 것 자체가 쉬운 게 아니다.

실험 자체도 문제이지만, 그걸 받기 위해 대기하고 있는 건수가 한두 개가 아니기 때문이다.

"보통 그걸 받기 위해서는 6개월 정도 걸리지요."

그래서 완성되었다고 해도 바로 판매할 수 있는 게 아니다.

대기업의 경우는 KC 마크를 받고 나서야 양산 체제를 갖추는 것이 보통이다.

하지만 이미 양산 체제를 가진 상황이라도, KC 마크가 없다면 대룡이 그걸 팔 수는 없다.

안전 인증도 안 된 물건을 팔다가 화재라도 나면 그건 대룡 책임이니까.

"그리고 대룡의 힘이면 KC 마크를 받아 내는 것을 조금 미루는 건 어려운 일이 아니지요."

노형진의 말에 유민택은 크게 껄껄 웃었다.

"안전이 확보되지 않은 물건은 파는 게 아니지, 암! 으하하! 절대 안 되고말고! 사람 목숨이 달린 일 아닌가?"

"당연하지요."

그리고 시간이 길어질수록 그들은 점점 다급해질 것이다.

"그리고 좀 더 시간이 지나면 아마 쭉정이만 남을 겁니다, 후후후."

⚖

노형진의 예상대로 그들은 일단 디자인을 복제하려고 했다.

하지만 그 소식을 들은 대룡 측 사장들이 사용 금지 가처분 신청을 내면서 그들의 계획은 막혀 버렸다.

"생각보다 머리를 쓰는군."

전관서의 보고에 신동우는 피식하고 비웃음을 날렸다.

"그래서 그 이후는?"

"아직 생산도 못 하고 있습니다. 대룡에서는 해당 물품을 받지도 않고 있고요."

"대룡 측 사장단이 도주한 것에는 대룡이 관여한 거겠지?"

"그럴 겁니다. 그렇지 않다면 그들이 동시에 납품을 중지하고 도망갈 이유가 없으니까요."

"나쁘지 않은 작전이야. 자네가 그걸 예상했다는 것만 빼면 말이지. 우리한테 놀아났다는 사실을 알았을 때 그들 표정이 과연 어떨지 참으로 궁금하군."

신동우는 전관서를 참으로 자랑스럽다는 듯 바라보았다.

사실 전관서가 이 계획을 가지고 왔을 때 그는 속으로 무척이나 기뻐했다.

안 그래도 전자 쪽으로 라인이 없는 대동이다.

이렇게 전자 쪽 라인을 얻으면 그가 후계 경쟁에서 유리한 고지를 점하게 되는 것은 당연한 일.

부사장인 전관서는 그런 그의 생각을 읽고 충실하게 움직여 줬다.

"사장님의 혜안 덕분입니다. 우리가 움직이면 분명히 노형진에게 도움을 청할 거라 생각하셨잖습니까?"

"그렇지. 지금까지 대부분 그래 왔으니까. 노형진이라는 변호사, 참 아까워. 우리 쪽 사람이 되었으면 쓸 만했을 텐데 말이야."

"어쩔 수 없습니다. 그는 완전히 친유민택 파입니다. 사실상 우리 쪽으로 넘어올 가능성은 전혀 없습니다."

"그러니 아깝다는 거야."

커다란 유리창 밖 세상을 내려다보던 신동우는 몸을 돌려 의자에 앉은 뒤 맞은편에 서 있는 전관서를 바라보았다.

"그래서 현 상황은?"

"그들이 지금 쓰는 방법 자체는 예상하지 못했지만, 예상대로 대룡에서 중소기업들을 죽이려고 작정하고 덤비고 있습니다. 노형진 변호사의 성격상 자기를 먼저 공격한 배신자를 그냥 두는 타입은 아니니까요."

사실 그들이 예상한 것은 노형진이 만들어 낸 복잡한 방법은 아니었다.

하지만 노형진이 수작을 부릴 거라 예상했고, 그 때문에 기업들이 위험해질 거라는 것도 알았다.

아니, 사실 그렇게 만든 건 대동이었다.

"그들은 자기들이 우리 손아귀에서 놀아나고 있다는 것을 모를 겁니다."

"그렇겠지. 우리가 순서를 바꿀 거라고는 생각도 못 했을 테니까."

대동이 공격하는 방식은 기업을 흔들고 헐값에 사들이는 것이다.

그리고 그건 대룡과 노형진도 알고 있다.

대동 역시 노형진의 사건들을 분석해서 노형진이 길을 찾을 것임을 알아낸 상황이고 말이다.

전관서는 그 부분을 아예 바꿔 생각해서, 자신들이 떡밥을 먼저 던지고 대룡이 자신들을 흔들게 하는 것으로 계획을 짰다.

"그들이 먼저 흔들면 우리는 별 힘도 들이지 않고 중소기업들을 모조리 집어삼킬 수 있지, 후후후."

동남아에서와는 다르게 자신들은 이번에는 돈 한 푼 안 들였다.

"이제 슬슬 돈을 풀까 합니다."

"그래. 그놈들이 무너지지 않을 정도로만 집어넣어. 무너지면 그건 그것대로 문제가 될 테니까."

"그럴 생각입니다. 하지만 상황이 상황이다 보니 그들이 거절할 수는 없겠지요."

기업을 운영하기 위해서는 매달 어마어마한 돈이 들어간다.

그런데 아예 매출이 끊겨 버린 중소기업들은 버틸 재간이 없었고, 대출을 알아보기 위해 여기저기 다녀 봤지만 애석하게도 대룡과 싸움이 난 것이 소문이 나서 누구도 그들에게 대출을 해 주지 않았다.

"이로써 우리 대동도 전자 쪽에 진출하게 되는군."

신동우는 만족스러운 듯 의자에 기대어 눈을 지그시 감았다.

어느 브랜드나 전자는 큰돈이 된다.

그의 상상 속에서는 자신이 회장이 되어서 호령하는 세상이 그려지고 있었다.

⚖

"투자요?"

노형진은 당황해서 되물었다.

"그러니까 지금 대동에서 중소기업들에 투자를 하고 있단 말입니까?"

"그래. 그 대신에 지분을 상당액 요구하고 있다고 하네. 사실상 헐값에 권한을 사들이고 있는 거지."

"큭."

이건 예상하지 못한 부분이었기 때문에 노형진은 살짝 입술을 깨물었다.

"기존 방식하고는 완전히 다르군요. 살리려고 덤비다니."

"기존 방식하고는 완전히 다르기는 하지만, 불가능한 것은 아니지. 도리어 지금이 더 싸게 살 수 있는 기회일지도 모르지. 고양이한테 몰린 쥐는 쥐구멍으로 도망갈 수밖에 없지 않나?"

중소기업은 대동에 매달릴 수밖에 없었다.

일단 기업을 살려야 나중도 기약할 수 있기 때문이다.

"대동에서 자금을 지원해 준다는 말에 너도나도 대동에 매달리고 있다고 하더군."

"지원금이 많습니까?"

"그건 아닐세. 하지만 기업 자체가 유지될 정도는 되는 모양이야."

"끄응, 많이 줄 리 없죠."

한꺼번에 많이 주면 도리어 그들이 뭉쳐서 뭐든 할 수 있다.

그러니 딱 살아남을 수 있을 만큼만 줄 것이다.

"아마 지원할 수 있는 금액에 한계가 있다고 할 것 같은데, 맞습니까?"

"어떻게 알았나?"

"뻔하죠. 그래야 조금이라도 더 얻어 내기 위해 서로 싸울 테고, 그럴수록 그들이 가진 권한을 더 싼 가격에 내놓을 테니까요."

"우리가 봤던 200억, 그게 이번 작전에 투입될 돈이었던 거네."

"애매하다 싶더니만."

많다면 많고 적다면 적은 돈이었던 200억.

기업을 사기에도 애매하고 공격적 투자를 하기에도 애매하다.

그런데 이 200억이면, 조금씩 나눠서 기업들의 숨통을 틔워 줄 수 있다.

"그렇다면 애초에 200억이 우리 정보에 걸린 게 그들의 농간이었던 거군요."

"어쩐지…… 이상하다 싶었네."

설득 작업에는 돈이 들지 않는다.

그런데 대놓고 200억을 들여왔고, 그걸 보고 대룡은 공격이 들어온 거라 생각했던 것.

"그런데 제 생각에는 그 200억 말고 다른 돈이 더 있을 것 같은데요."

"그렇겠지."

200억을 대놓고 들여온 것, 그건 여유 자금이 200억이라는 것을 보여 주기 위한 행동이었다.

천하의 대동이 돈이 없어서 200억밖에 안 들여왔을 리 없다.

아마 그 돈을 제외한 나머지 금액은 비밀리에 들여왔을 것이다.

"하지만 중소기업들 입장에서는 그 금액이 떨어질까 봐 겁나니까 기를 쓰고 매달릴 수밖에 없지."

"결국 우리의 모든 움직임이 대동의 손아귀에서 놀아난 거라는 건데……."

노형진은 자신도 모르게 얼굴에 썩소를 띠었다.

"이거 자존심 상하는군요."

기분이 묘했다.

지금까지 자신이 사람의 행동을 예측해서 이용해 먹었는데, 도리어 자신이 먼저 이런 식으로 당할 줄은 예상하지 못했기 때문이다.

"역시 대동이라고 해야 하나요? 확실히 무능한 놈들은 아니에요."

노형진은 턱을 문지르면서 고민에 빠졌다.

"우리 쪽에서는 피해를 입어 가면서 그들을 흔들었는데……."

사실 이 작전에는 대룡이 피해를 안 입을 수가 없다.

일단 판매할 수 있는 물건을 팔지 못하니까.

거기에다 해당 거래를 위해 일하는 사람들이 있으니까.

그들은 다른 쪽으로 순환 보직 발령을 보낸다고 해도, 당분간은 인력 과잉 상태가 될 수밖에 없다.

"대동은 땡전 한 푼 안 쓰고 그들을 쥐고 흔든 셈이군요."

씁쓸하게 말하는 노형진.

"전략 부서에서는 뭐라고 하던가요?"

"손실을 막기 위해서는 지금이라도 다시 거래를 시작하라고 하네."

"그리고 거기서 벌어들이는 돈은 대동이 가지고 가고요? 그게 무슨 멍청한 짓입니까?"

거기에다 어차피 8개월 후면 그들은 아예 대동으로 넘어간다.

여기서 당장의 손실을 줄이기 위해 다시 거래를 시작하면 대동에만 좋은 일 시켜 주는 셈이다.

"이거 나중에 제대로 복수해 줘야겠네요."

"그건 나중 문제야. 다른 방법은, 그들에게 접근해서 우리가 주식을 사 오는 거네."

"우리가요?"

"그래. 더 이상 넘어가면 진짜 대동이 전자 라인에 진출할 판국이니까, 차라리 손실을 좀 감안하더라도 주식을 가지고 오는 게 맞다고 생각하네."

대동이 전자 라인에 진출하면 대룡과 부딪히는 부분이 더 커진다.

그리고 대동의 판매 능력을 생각하면 절대 만만하게 볼 수는 없다.

"더군다나 전자연합이 가진 브랜드 이미지를 그대로 가지고 가는 거니 딱히 홍보를 할 필요도 없고."

"우리가 만든 시장을 그대로 집어삼키겠다는 거군요. 이거 입안자가 누구일까요?"

"전관서 부사장이라 생각하네."

"하긴, 역시 그 사람이겠지요."

지금의 한국 대동을 있게 한 사람.

신동우를 도와서 한국을 공격하는 사람.

"하여간 더럽게 유능한 놈들이에요."

한숨을 푹 쉬는 노형진.

그리고 지금까지 확인한 기록을 다시 한번 살폈다.

그들은 투자금을 말 그대로 숨통이 딱 트이는 정도만 주고 있었다.

'시간이 지날수록 이 투자금은 소진될 테니…….'

그러면 당연히 사장들은 대동에 또 매달려 회사의 권리를 터무니없이 싼 가격에 넘기라고 할 것이다.

"싸움이 길어질수록 유리해지는 건 대동이네요."

"그렇지."

그렇다고 이쪽이 자존심을 숙이고 들어갈 수도 없다.

중소기업들, 그들이 다시 대룡으로 올까?

그들 입장에서는 나쁜 건 대룡이지 대동이 아니다.

'천사의 가면을 쓰고 다가오는 악마군.'

노형진은 쓸쓸하게 서류를 살피다가 문득 한 가지에 생각이 미쳤다.

200억.

기업 입장에서 생각하면 절대 많은 돈이 아니다.

물론 추가로 몰래 들여온 게 있겠지만, 수백억을 마구 뿌릴 수는 없는 노릇이다.

"좆소기업."

"응?"

"아니, 그런 생각이 들어서요. 전에 말씀드린 중소기업의 별명요. 좆소기업."

"그게 왜?"

"문득 그런 생각이 드네요. 그들이 과연 바뀔까?"

"그게 무슨 소리인가?"

"상황이 다급해졌습니다. 그러면 과연 그들이 바뀔까요?"

아까와 다르게 천천히 입꼬리가 올라가는 노형진.

그 모습을 본 유민택의 얼굴에도 미소가 떠올랐다.

"방법을 찾았나 보군."

"네, 찾았습니다. 사람은 쉽게 바뀌지 않는 법이니까요."

노형진은 자신 있게 말했다.

"그리고 위급한 상황일수록 원래 자기 성격이 더 강해지지요."

"그래서?"

"좆소기업이라는 사회적인 욕설에는 이유가 있죠. 그리고 그 원인이 우리가 살아 나갈 수 있는 길인 것 같네요, 후후후."

다음 권으로 이어집니다

이것이법이다

신이 축복한 남자

정한담 현대 판타지 장편소설

대사 하나 없는 엑스트라 천재들의 재능을 복사하다!

고된 단역배우 생활을 이어 가던 중
톱 여배우 이지수를 구하고 목숨을 잃은 연정우
그의 성품에 감복한 신의 축복을 받다!
연기, 노래, 액션 심지어 작가의 재능까지?

"너 지난주에는 이렇게 못 하지 않았나……?"

재능 복사로 폭발적인 성장!
국내, 아니 전 세계 연예계를 접수한다!

꿈의 도약, 로크에서 하십시오
(주)로크미디어에서 신인 작가를 모십니다

즐거운 세상, 로크미디어는 꿈을 사랑하고 도전을 두려워하지 않는 작가 분들의 참신한 작품을 기다리고 있습니다. 21세기 장르 문학계를 이끌어 갈 차세대 선두 주자 (주)로크미디어에서 여러분의 나래를 활짝 펴 보시길 바랍니다.

모집 분야 판타지와 무협을 포함한 장르 문학
모집 대상 아마추어 작가, 인터넷 작가
모집 기한 수시 모집
    작품 접수 시 유의 사항
    1. 파일명은 작가명_작품명.hwp형식을 갖춰 주십시오.
    1. 파일에 들어갈 내용은 다음과 같습니다.
       — 성명(필명인 경우 실명을 밝혀 주세요), 연락처, 이메일 주소
       — 제목, 기획 의도
       — A4용지 1장 분량의 등장인물 소개
       — A4용지 2장 분량의 전체 줄거리
       — 본문
    1. 작품이 인터넷에 연재되고 있다면, 게시판명과 사이트의 구체적이고 정확한 주소를 기재해 주십시오.

선택된 작품은 정식 계약 후 출판물로 간행되어 전국 서점에 유통됩니다.
작가 분은 (주)로크미디어의 전폭적인 지원하에 전속 작가로 활동하시게 됩니다.
※ 자세한 내용은 로크미디어 홈페이지(rokmedia.com)를 참조하세요.

(03920)서울시 마포구 성암로 330 DMC첨단산업센터 3층 318호
(주)로크미디어 편집부 신간 기획 담당자 앞
전화 : 02) 3273 – 5135
www.rokmedia.com   이메일 : rokmedia@empas.com

ON AIR

신이 축복한 남자

정한담 현대 판타지 장편소설

대사 하나 없는 엑스트라
천재들의 재능을 복사하다!

고된 단역배우 생활을 이어 가던 중
톱 여배우 이지수를 구하고 목숨을 잃은 연정우
그의 성품에 감복한 신의 축복을 받다!
연기, 노래, 액션 심지어 작가의 재능까지?

"너 지난주에는 이렇게 못 하지 않았나……?"

재능 복사로 폭발적인 성장!
국내, 아니 전 세계 연예계를 접수한다!

哲宗

철종

강동호 대체역사 소설

『효종』『대망』의 작가, 강동호!
미래의 지식으로 군림할 **철종**과 돌아오다!

4년 차 역사학 시간강사 태수
전임 교수 임명에 제외된 날 트럭에 치였는데
정신을 차리니 철종이 되었다?

세계열강이 아시아를 욕심내는 1850년대
조선을 지키기도 벅찬 마당에
국정 농단으로 나라를 좀먹는 세도정치와
온갖 패악을 부리는 서원까지……

내탕금을 털어 키운 정보 조직을 이용해
내부의 적은 때려잡고
화폐개혁과 군사제도 역시 개편해
전쟁의 역사에 맞서 조선의 운명을 뒤바꾼다!

예정된 혼돈의 시대
시간을 거스른 철종, 진정한 군주가 되어
조선을 지키고 세상을 가질 것이다!